Borges & Guimarães

Coleção Debates
Dirigida por J. Guinsburg

Produção: Plinio Martins Filho e Cristina Ayumi Futida.

vera mascarenha de campos

BORGES & GUIMARÃES

NA ESQUINA ROSADA DO GRANDE SERTÃO

MCT
Ministério da Ciência e Tecnologia

CONSELHO NACIONAL DE DESENVOLVIMENTO
CIENTÍFICO E TECNOLÓGICO

EDITORA PERSPECTIVA

Direitos reservados à
EDITORA PERSPECTIVA S.A.
Av. Brigadeiro Luís Antônio, 3025
01401 — São Paulo — SP — Brasil
Telefones: 885-8388/885-6878
1988

ELIANE

Sereia de porcelana
Seara de pescadores
Terra no periélio
Cadeia de elos perdidos
Lua no apogeu
Desisto de te dizer
Deixas de ser retrato
E habitas osso e carne
A alma de cada frase.

SUMÁRIO

    À Esquina da Esquina — Haroldo de Campos .. 11

    Prólogo 15

    À Guisa de Esclarecimento 19

1. O Leitor Participante na Poética da Leitura 23
   O Passado como Presente 33

2. Preliminares: Demarcação de Limites 43
   Do Estudo Comparativo 53
   Da Oponibilidade das Formas Literárias 61
   Síntese Contextual: Regionalismo & Universa-
   lismo 68

3. A Tradução como Desocultamento 91

"Hombres Pelearon" 99
Tradução: "Homens Lutaram" 101
Radiografia do Texto 102
A Palavra Pensada como Meio e a Palavra Sentida como Efeito 107
Tradução: "Homem da Esquina Rosada" 112
Radiografia do Texto 117
Esquina do "Grande Sertão" 122
Tradução: "História de Rosendo Juárez" 147
Radiografia do Texto 152
Na Obra Aberta o Fim é o Infinito 155

Bibliografia 171

À ESQUINA DA ESQUINA

Haroldo de Campos

"Deixar de lado o corpo é mesmo a energia essencial da tradução. Quando ela reinstitui um corpo, é poesia." Estas palavras de Jacques Derrida, a propósito de "Freud e a Cena da Escritura", demarcam o espaço de uma ambigüidade. O que se entende, via de regra, por tradução é uma atividade neutralizadora: trata-se de rasurar a *forma significante* — suprimir o corpo — para dela extrair um presuntivo "conteúdo", uma assim desincorporada ou desencorpada "mensagem referencial". Quando isto não ocorre, quando o corpo prima sobre o presumido "conteúdo" e este obsessivo, possessivo, não se deixa desencarnar qual um efeito de imantação que não se desapega do metal a que afeta, então dizemos que não há tradução, que estamos diante do não-traditável, do in-traduzível — chame-se a esse escandaloso corpo intransitivo poesia, linguagem do sonho, jogo engenhoso (*Witz*), enigma, glossolalia, talismã verbal, mantra.

A reinstituição do corpo na tradução é o que eu denomino *transcriação*. A reversão do impossível em possível começa por uma hiperfidelidade a tudo aquilo que constitui a *significância*, ou seja, às mais secretas errâncias do semântico pelos meandros da forma: aura que impregna a repetição de uma figura fônica; nébula que irisa a deslocação paralelizada de uma articulação sintática; pólen que se insinua num constituinte mórfico ou acompanha, volátil, um desenho prosódico que a escuta sensível capta naquele ponto messiânico onde reverbera, para além de toda chancela etimológica, a convergência fulgurante do dessemelhante.

O empenho deste ensaio de Vera Mascarenhas de Campos (aqui a coincidência de sobrenomes não significa parentesco, e só excede o caso fortuito naquilo que possa eventualmente indiciar de afinidade objetiva quanto ao método de trabalho) está exatamente nessa atitude que supera a indiferença do traduzir a-crítico, procurando convertê-la na diferença crítica do transcriar.

Este exercício tradutório desdobrado em reflexão metalingüística — inicialmente levado a efeito num dos meus Seminários sobre "Poética da Tradução" no Programa de Estudos Pós-Graduados da PUC de S. Paulo — aplicou-se, não por acaso, à conjunção Borges/Guimarães Rosa.

Através de uma escolha extremamente pertinente (o ato crítico-seletivo é pré-constitutivo da operação tradutora, — escrevi mais de uma vez), a Autora soube avizinhar Rosa e Borges. Um certo Borges, evidentemente: o de alguns recursivos textos "gauchescos", raias, quase-marginália, orilhando o espaço lúcido por onde a escritura impecavelmente hialina do Bibliotecário portenho de Babel se deixa de preferência trasladar, construindo e desconstruindo, com impassível tirocínio, seus ofuscantes labirintos de cristal. Um certo Borges infreqüente, por isso mesmo suscetível de confronto matérico, no nível da sintaxe e do léxico, com o escrever rosiano, que passa, como o sabemos, por regiões menos transparentes.

O resultado tem algo a ver com a técnica de realce numa análise química, em que, graças à veemência de um corante, certos caracteres recessivos ao olho desatento (mormente quando embaciado pela tradução neutralizadora) passam a ostensivos. O que parecia rebusca ilusória da imaginação comparativista, manifesta-se como instigante intimidade de manejos escriturais, colhidos no repente de uma análoga pulsão. No tecido verbal destacam-se agora linhas coliterantes que a tradução criativa não fez mais do que surpreender, avivar, atestadas em marcas, exibidas em veios confluentes, tramadas por um semelhante rodeio de vozes e frases. O alexandrino e parcimonioso Borges, desdenhoso dos excessos do corpo e cioso de suas apuradas arquiteturas mentais — épuras de uma argúcia tão aventurosa em seus engenhos quão sóbria em sua medida de palavras — alguma vez, e por mais de uma vez, deixou também seu idioma espessar-se, gozoso, auscultado em suas latências sintático-semânticas, renutrido na pauta estranhante da inventiva prosódica, no arcano das cadências oralizadas. Assim, nestas estórias de Rosendo, contadas e recontadas, escritas e reescritas como um duelo indecidível de fama e infâmia, a carnadura do registro falado destrava uma *Ur-língua* — um pré-estilo borgiano — que a reescritura (o repalavreio) à maneira de Rosa deixa ler/ouvir agora encarnada nos seus relevos, como que em alto contraste, restituída, reinstituída por essa luz que coa, insistente, da mirada translatícia.

Falei uma vez da tradução como crítica. Poderia falar aqui da tradução como estratégia ficcional. Como ficção heurística, que ajuda a crítica a iluminar-se e a iluminar o seu objeto. Nisto vejo o principal (e não pequeno) mérito deste livro inusual, que participa assim, a propósito de tradução, do borgiano enigma de Fitzgerald. Para o qual, pela esquina de Rosa, não é feito de pouca monta enveredar, na tentativa minuciosa de desvendar-lhe o mistério pelo acréscimo sutil de outro enigma.

São Paulo, agosto de 1988

PRÓLOGO

Borges é pródigo de prólogos, Guimarães Rosa de prefácios. Parece haver uma estranha motivação para escrevê-los e representam, talvez, uma forma indecisa, situada entre a solidão do contínuo reescrever, sempre grata, e o ato de abandonar-se ao público, algum tanto temerário.

Borgianamente, um prólogo obriga-se a ser escrito e, pelo que se vê, certas contaminações são inevitáveis, após demorado convívio, mas, vindas de tal fonte, não há por que resistir.

No corpo deste estudo, pois, na verdade, o que vem à luz é apenas um despretencioso estudo de quem, ao roçar por dois pólos magnéticos, de sua força não conseguiu se afastar senão pel aimersão nela por inteiro, houve referências aos prólogos que não se constituem indicadores de leitura, mas anotações, nascidas de uma primeira: a do próprio autor.

Neste caso, porém, há duplo intento: sugerir um modo de ler e reafirmar a crença na máxima borgiana: "o que um homem faz é como se todos o fizessem".

Para cumpri-los, esclarece-se que a montagem obedeceu a um sistema tríptico — três capítulos tratam do assunto de que o título é síntese. A esquina é o ponto convergente de duas línguas particulares que carregam percepções diversas e desnudam diferentes modos de vivência. O grande sertão remete para o lar comum, onde não há limites de raça, nem fronteiras no solo, não há tempo definível, mas um presente perpétuo. Aí, duelam as palavras para anularem-se diferenças ou para compensando-as, resgatar o instante genesíaco, quando, em Borges se doma a palavra rosada; em Rosa, a construção acerada, de brechas escassas.

É recomendável que o leitor comece pelo terceiro capítulo, onde estão as traduções dos contos gauchescos. Conhecendo-as, parece que se ilumina e justifica o todo e não sem motivo, porque nasceram antes, vindo a gerar o restante. Se, por um lado, a tradução briga o estudo do objeto, por outro, ao desvendar um mundo fascinante por sua estranheza, impele ao centro que irradia vasta rede de relações. Há de se estranhar por que sendo o terceiro capítulo a chave, não se o colocou primeiro. Por fidelidade ao princípio básico de construção: o da Poética da Leitura. O leitor, como co-autor, tem a liberdade de montar as peças como melhor lhe parecer, ou como achar mais produtivo. É o que se explica, logo no início. Quanto ao segundo, tem por objetivo a discussão de pormenores estruturais e do duplo caráter de ambas as obras: dum corpo, fisicamente comprometido com a pátria telúrica, projeta-se a alma em busca da pátria infinita, onde se aninha o Homem, morada do Ser.

Havendo obediência à tradução como fio condutor, aparecem veredas apontadas, mas não percorridas. Caminhar por elas e desbravá-las é desafio para novas pelejas e, com certeza, às já travadas, outras se somarão, sem esgotar o motivo que impele à luta.

Quanto à máxima borgiana, aplica-se ao trabalho crítico. Seu atuor não é senão átomo do obelisco que o conhecimento humano erige para comemorar a Arte. Muito pouco, no estado solitário, sua potência aguarda o concurso dos que vieram antes e a comunhão com os que vêm junto para tornar-se eficaz.

Igualmente resultante de um processo, à boa terra, tudo deve o fruto. Ela o produz, ela o retoma. Este, oferecido agora ao público, teve nela seu motivo de vida.

À boa terra, Haroldo de Campos, esteio, dedicação perfeita à idéia, fidelidade ao seu desabrochar, amável convivência por longo tempo, hoje, tão breve parece;

à boa terra, Jorge Schwartz, provedor de livros, sem os quais a pesquisa seria tão mais difícil quanto mais somos pobres em bibliografia;

à boa terra argentina, Laura P. de Izarra, a *amistá* encarnada, voz portenha que trouxe ecos e ritmos da distante Buenos Aires, ouvidos que absorveram a cadência na qual se transmudaram;

à boa terra, a amizade dos mestres, a aciência dos presentes, a presença dos ausentes neste prólogo, a luz esparsa dos que se fazem, em mim, constelação

O fruto amadurecido retorna!

Vera Mascarenhas de Campos.

À GUISA DE ESCLARECIMENTO

> *O "mistério nas Letras" tem isto de atraente: torna-se mais espesso à medida que se tenta dissipá-lo.*
>
> T. TODOROV

Jorge Luis Borges e João Guimarães Rosa são dois autores cuja obra tem a característica da epígrafe: o mistério de uma espessura que tantos e valiosos estudos não lograram dissipar completamente. Sempre resta densidade que resiste e possibilita novas pesquisas. Ambos encarnam, no sertão literário, a figura de Diadorim, uma eterna neblina, a envolver os Riobaldos que trilham as mesmas veredas. Tal espessura, se, às vezes, encoraja, animando o pesquisador a seguir em frente, noutras, transforma-se no Liso do Sussuarão.

Neste caso, os próprios autores dão a senha para se penetrar nos seus mistérios. A ficção, em Borges, caracteriza-se como tecido mesclado pela metalinguagem; a atitude crítico-analítica do processo criador e a linguagem-objeto comprimem-se num mesmo espaço. Por isso, ao desdobrar-se o produto, revela-se o mecanismo de produção. Ao lado da obra ficcional híbrida, pode-se inventariar numeroso material teórico, em que o autor dá as coordenadas de sua arte poética.

Quanto a Guimarães Rosa, a expressão lingüística, por sua estranheza, constitui-se o aspecto mais evidente; dela partem, em geral, os estudos que vão atingir os muitos e variados campos do conhecimento.

Borges tem sido visto como produtor de obra insólita sob vários aspectos, mas não se tem incluído nesse círculo a sua linguagem. A crítica francesa, que se vem ocupando bastante do autor argentino, ressalta a estranheza no campo dos conceitos e, reforçando as opiniões da *Nouvelle Critique,* Monegal indica um método de tratamento da obra borgiana, para onde ela mesma remete: o leitor não mais como simples comentarista ou estudioso do processo literário, mas, na condição de participante, numa *Poética da Leitura.*

A participação do leitor no processo criativo da obra pode patentear-se de várias formas; todavia, quando se trata de texto em língua estrangeira, a operação tradutória é a que oferece maiores vantagens para se recriar. Ao traduzir-se, é possível uma *transcodificação* do texto borgiano e ousar-se uma leitura intertextual; é aí que semelhanças latentes entre Borges e Guimarães Rosa ganham relevo. Esse método justifica-se, porque as analogias não são forjadas pela *transcodificação,* proposta arbitrariamente pelo leitor. Elas surgem, no nível do microtexto, em certos procedimentos lingüísticos análogos, e, daí, passam ao contexto, onde se pode notar, nos dois autores, a relação dialética entre o aspecto regional/universal que a linguagem projeta.

O leitor/tradutor aproveita-se das aberturas que a matriz do texto borgiano oferece para, por meio da operação tradutória criativa, salientar, no português, uma opacidade que as traduções "servis" têm ignorado.

Certamente, nem toda a obra de Borges apresenta possibilidades comparativos com Guimarães Rosa. Além de se descobrir o ângulo de enfoque favorável, é preciso estabelecer o material adequado, o que possua o feixe de traços semelhantes. Este restringe-se a determinada fração da obra: a Literatura Gauchesca.

Como entre a tradução e o procedimento crítico há uma ponte por onde transita, obrigatoriamente, de um pólo a outro, o tradutor, aproveitam-se os resultados do trânsito como moldura para o quadro que se constituirá com os contos traduzidos e que pertencem àquela fração: "Hombres Pelearon", "Hombre de la Esquina Rosada" e "Historia de Rosendo Juárez"[1], num confronto com *Grande Sertão: Veredas* (1976).

Para compor a moldura, há a retomada dos primeiros ensaios de Borges, resumo de suas preocupações com os problemas da linguagem e da língua, e onde estão latentes as idéias, posteriormente manifestas, de sua poética da leitura.

A vertigem, provocada pelos textos de Borges, pode-se explicar também pelo caráter de circularidade. O envolvimento nesse círculo faz temer uma escritura de comentários que se transforme no labirinto de T'sui Pen, quando não se escolhe uma dada possibilidade, mas todas convergem e se pode jogar com elas simultaneamente. Diante disso, procurou-se construir as premissas de um trabalho que não pretende a simples correlação de autores e obras, nem visa apenas a explorar contigüidades/similaridades, no nível cronológico, tendo-se em conta o espaço, onde atuam e, como instrumento — relativo — o elenco de significantes comparáveis. Trata-se da projeção de um no outro até se conseguir a ilusão do um-é-outro. Talvez uma réplica do "Enigma de Edward Fitzgerald", no sentido de que o módulo central seja uma tradução, calcada nos processos codificadores, empréstimo feito do autor com quem se comparam os textos borgianos originais.

---

1. "Hombres Pelearon" faz parte da obra *El Idioma de los Argentinos*, (p. 151). É transcrito no corpo do presente trabalho, no capítulo III, devido à dificuldade de se obter o texto, seguindo-se a tradução que é a primeira em língua portuguesa. Para "Hombre de la Esquina Rosada", usaram-se duas publicações: *Nueva Antología Personal* (p. 143) e *Obras Completas* (p. 329). Duas edições também foram usadas para "Historia de Rosendo Juárez": *Obras Completas* (p. 1034) e *El informe de Brodie* (p. 39). Foram necessárias para confronto, já que ocorrem diferenças textuais entre uma edição e outra, como se verá posteriormente. De *Grande Sertão: Veredas*, utilizou-se a 11.ª edição. As citações completas de todas as obras encontram-se na Bibliografia Geral, no final do trabalho.

Por isso, interessa o processo de elaboração da escrita de Borges e de Rosa, que se faz por meio da "tatuagem" dos elementos da língua falada no corpo da escritura, seja do ponto de vista do encadeamento sintagmático, seja no da seletividade dos significantes. Não se trata, porém, do puro e simples uso da expressão falada na clausura da escrita; nos dois autores, o caráter assistemático da fala opõe-se ao sistemático da língua, criando-se uma re-codificação que aproveita o aspecto dialético para colocar-se entre duas linhas de força: uma variante popular, falada, da qual se extraem os efeitos estilísticos, criados à revelia das normas da língua, mas que se encaixam no sistema; e outra, variante culta, literária, que implica o uso voluntário, consciente, da linguagem.

O estudo comparativo baseia-se no princípio de que se devem opor elementos diferentes para que, da proximidade, surjam as semelhanças. As obras de Borges e de Rosa remetem para regiões opostas, geograficamente: os sertões das gerais e as *orillas*. Conseqüentemente, os traços regionais devem diferir. A maneira de produção é diversa. Em Borges, organizam-se histórias em camadas "perolíficas", superpostas, em parco espaço, girando em torno dos mesmos motivos; em Guimarães Rosa, há sede de espaço, a narrativa flui prolífica, poderoso fluxo verbal. Mas a recriação interpretativa dos textos gauchescos mostrará, em ambos, o ponto tangencial, ao projetarem-se as semelhanças nas diferenças.

1. O LEITOR PARTICIPANTE NA POÉTICA DA LEITURA

O "mistério nas Letras" faz parte da constituição embrionária do tecido literário. Brota do entrelaçamento das fibras, obedientes a determinada ordem estrutural. Desse sistema, podem-se analisar apenas os elementos da estrutura, sem detença nas encruzilhadas; pode-se privilegiá-las, voltando-se para o nó de confluência, sem atender, em particular, aos filamentos. Tudo carece de escolha. É preciso opção pelo instrumental que melhor servirá na tentativa de dissipar o "mistério". Bisturi ou lupa. Com o primeiro, corre-se o risco da necrópsia. A segunda oferece a vantagem de se percorrer micro e macrocospicamente o corpo no exame. As gradações podem ser múltiplas, porque numerosos são os ângulos de enfoque e depende do objetivo o privilégio dado a qualquer deles:

seja o da análise estrutural, o das correlações sociais, o das relações comparativas.

Partir-se-á, pois, do que diz Tynianov:

> Convindo-se que o sistema não é uma cooperação fundada sobre a igualdade de todos os elementos, mas que supõe a vanguarda de um grupo de elementos (dominante) e a deformação de outros, a obra entra na Literatura e adquire sua função literária graças a essa dominante [1].

É importante notar as duas congregações distintas de elementos: o sistema-obra e o sistema-literatura. Entre eles, há a ponte de acesso, lançada pela linha diretriz: sua dominante.

Analisando-se dessa perspectiva, num sistema, os elementos, mesmo gradualmente diversos quanto aos valores que lhes são atribuídos, nutrem-se de correlações que propiciam a manutenção de uma ordem coesa. No sistema-obra, na fração mais graduada, encontra-se o autor, a quem ela deve sua existência. Enquanto criador, ele tem o poder de alterar a ordem, velá-la ou revelá-la. Trata-se, portanto, de sua dominante que rege a fração dos elementos "deformados": toda a teia urdida pelo produtor, composta de seres nebulosos, de ação, de espaço, aos quais a linguagem corporifica. Haverá, após, uma segunda fração dominada: a obra literária constitui sistema pronto para o consumo e atingirá o receptor. Se lhe cabe a característica de dominado, por se integrar no sistema preestabelecido, não participando da produção — por outro lado, cabe-lhe a função de interpretante. Como tal, investir-se-á também do papel de crítico. Em princípio, presume-se que o leitor/crítico seja quem melhor possa interpretar a obra, ou é dele que se espera o melhor rendimento de leitura. Mas, antes de ser crítico, ele é parte de outras relações. É elemento do seu próprio sistema individual, inserido noutro maior — o contexto da coletividade.

As conseqüências de ser-social atingem o julgamento do leitor, que vai tomar posição diante da dominante e do sistema que a abriga, influenciado pelos fatores: correntes ideológicas, espaço e tempo, dados de vivência dos fenômenos individuais e coletivos. Essa conjuntura não interessa, em particular, mas se projeta como

---

1. TYNIANOV, J. "Da Evolução Literária". In: *Teoria da Literatura — Formalistas Russos*, p. 113.

influenciadora de processos que vão alterar a ordem em que se situa o leitor dentro do mecanismo do sistema-obra.

Num breve retrospecto, tendo-se em mira o antes e o agora, o que se intenta ponderar é a situação do leitor subjugado pelo sistema. Aparentemente, o *modus faciendi* da literatura atual sofreu uma reversão de valores, ao propiciar ao receptor oportunidade de remontagem. Em parte é verdadeiro, pois a matriz de uma obra clássica não deixa muitas aberturas para o leitor. A variabilidade será, então, restrita. Clássica, neste caso, não adjetiva apenas a obra daquele período (quando já havia algumas a que se pode chamar de *abertas*), mas também toda a que possui uma estrutura fechada, vista como *perfeita, acabada*, em qualquer época. Por outro lado, o próprio conceito do barroco implicava a idéia de uma estrutura aberta para o infinito, permitindo n leituras. Assim, não é apanágio da literatura atual, considerando-se dessa forma o que foi produzido após a ruptura do Simbolismo, abrir-se para a recriação do leitor. Neste sentido, a modernidade de um *Quixote* é insofismável.

Parece ter ocorrido que o leitor, dominado, de visão unilateral, cedeu lugar a outro; este, ao compreender de imediato as dificuldades da obra, passou a exigir algo mais da dominante: este leitor é o próprio autor.

À medida que a visão crítica passa a ter maior percuciência, sofre abalo, primeiramente, o sistema global de que o autor era elemento, depois o sistema de que era dominante. Certas obras, consideradas herméticas, e, portanto, inferiores (do que Góngora seria exemplo), abriram-se, porque, embora sempre tivessem oferecido a chave de sua decodificação, o público não estava preparado para achá-la.

As obras de decodificação imediata, sem sobressaltos, de soluções impostas, a *obra-definição* ou a *obra-resultado* não satisfazem mais as expectativas.

A dominante-autor cederá lugar ao dominado-leitor, aceitando uma espécie de parceria, no processo criativo, no sentido de que tenderá a proporcionar-lhe, além de uma proposta hedonista, outra, pragmática. Torna-se insuficiente ler. É imperioso participar. A obra de Mallarmé, cuja influência se alastrou, contaminando a poética ocidental, obriga o leitor a descobrir um processo de montagem, a inserir-se na constelação. A partir daí, a palavra deixa de ser *logos* para ser *ludus*, no jogo do vir-a-ser, do constante definir-se que jamais se completa.

A mensagem volta-se para o referente na medida em que este deve sua razão de ser ao signo lingüístico que o representa. Assim, quanto mais a linguagem se adensa, tornando-se enigmática, quanto menos redundante se apresenta, maior será sua eficácia na re-presentação do objeto pela palavra. Conseqüentemente, mais aberto torna-se o sistema-obra à participação do leitor.

Um exemplo disso está na prática da poesia brasileira de vanguarda, modelada à Mallarmé, à Joyce, e à Cummings, voltada, pragmaticamente, para esse tipo de *obra-aberta*. Todavia, o leitor não deixa de ser a fração dominada, porque, de qualquer forma, ele recria a partir de algo que lhe é remetido pronto, embora aberto à sua participação. É o caso da comentada obra de Kafka — O Processo — cuja ordem dos capítulos não foi estabelecida pelo autor, nem o título foi dado por ele, mas pelo leitor — Max Brod — seu amigo, a quem coube a publicação da obra, destinada ao fogo por Kafka. No Posfácio à 1.ª edição de O Processo, Max Brod justifica a escolha do título e a ordenação dos capítulos com base nas reminiscências de conversas com o amigo e da leitura que este lhe fizera dos originais. Diz que o romance não tinha título, "(...) mas Kafka sempre o chamava de O Processo, quando falava dele. A divisão e os títulos dos capítulos são dele. Quanto à sua numeração, fui eu que tive de me encarregar disso" (p. 271). Kafka considerava sua obra inacabada e inacabável, pois o processo "(...) pelo que ele dizia, nunca conseguiria chegar à instância suprema". No Posfácio à 3.ª edição, Max Brod, referindo-se à ordem dos capítulos, ao explicá-la, acrescenta a dúvida: "Deviam continuar assim, na intenção do autor? É uma coisa que nunca se poderá saber"[2]. O leitor-crítico poderá, portanto, ordenar o todo como lhe parecer conveniente, o que não significa que se eliminará a dominância de Kafka no sistema.

Por outro lado, nem todo leitor pode ser autor. Será participante, na dependência de uma série de fatores: a relação que se estabelece entre o cabedal de suas leituras e aquela do momento. Se a intertextualidade, consciente ou não, na obra, é um fato, só se torna evidência na lei-

2. KAFKA, F. *O Processo*, 1963, p. 275.

tura capacitada a explicitá-la. Por isso, o título de participante, que Borges outorga aos leitores de sua obra, não poderá receber aval, senão mediante o conhecimento de uma fração significativa dela, pelo menos da que se relaciona ao assunto sob enfoque. Assim, justificam-se os estudos iniciais e, depois, as referências a textos que não pertencem diretamente ao mundo gauchesco com que se trabalha. São necessárias, já que se devem considerar, além da dialética dominado/dominante dentro do sistema-obra, as correlações que ela, como microcorpo, mantém com outras na cosmogonia do autor e o conjunto no macrocosmo literário.

A intimidade em que convivem as obras é discutida por Todorov, para quem

(...) é uma ilusão crer que a obra tem uma existência independente. Ela aparece num universo literário povoado pelas obras existentes e é aí que ela se integra. Cada obra de arte entra em relações complexas com as obras do passado que formam, segundo as épocas, diferentes hierarquias [3].

Se não houver independência entre as obras, nossa leitura será sempre falha, já que se conhecem apenas fragmentos e jamais o todo de que o segmento é parte. Diante dessa atomização, o leitor é impotente, na sua relatividade, como o é também o autor. A impotência tende a amenizar-se, quando o autor/leitor abarca a maior extensão de fragmentos do sistema literário. Se isso é verdadeiro, a leitura realmente produtiva será aquela que mais se aproxima do universo captado pelo autor e a ótima aquela que ultrapasse essa medida. Não se acredita, entretanto, na imprescindibilidade da erudição. Por certo, é um dado positivo para a tecedura de correlações.

Sob o ponto de vista da recriação pelo leitor/tradutor, antes do relativo arcabouço cultural, antes da apreensão da intertextualidade, devem-se reconhecer os fenômenos da intratextualidade, as formas poéticas cujas marcas externas são correlatas às internas que definem sua norma de funcionamento. Será preciso, então, verificar onde predomina o que Jakobson define como função poética, porque aí se encontrará a matriz cujo grau de abertura é máximo para a recriação.

3. TODOROV, T. *As Estruturas Narrativas*, São Paulo, Perspectiva, 1979, p. 211. Debates 14.

Postula-se, então, que o leitor deva reunir conhecimento suficiente da obra, de suas relações com outras do autor, dessas com o mundo literário, para decodificar e interpretar criativamente. Entretanto, como as obras não possuem independência, é impossível um conhecimento global, qualquer leitura de uma obra aberta será sempre relativa, podendo ser completada por outras que elucidarão lacunas. Assim, à lei da relatividade que atinge o autor se submeterá o leitor/médio, o leitor/tradutor, o leitor/crítico.

A importância da leitura é assunto tratado por Monegal que, analisando a vertente borgiana da idéia, conclui:

> Ao invés de tomar ao pé da letra as conclusões ou as ironias do conto (Pierre Menard), poder-se-ia ver nesses trabalhos a fundação de outra disciplina poética: aquela que, em vez de fixar-se na produção da obra literária, se voltasse para a leitura. Em vez de uma poética da obra, uma poética de sua leitura. Esse enfoque da obra borgiana é o que tem praticado, a partir de Genette, a *Nouvelle Critique* na França [4].

Para esse enfoque, Borges dirige o leitor, com referências, ao longo da obra, o que não passou despercebido à sagacidade francesa. Genette, no ensaio "A Utopia Literária", capta as idéias borgianas da indefinição temporal, do leitor como produtor, já que

> Cada livro renasce em cada leitura, e a história literária é pelo menos tanto a história dos modos ou dos motivos para ler quanto a das maneiras de escrever ou dos objetos da escritura (...) [5].

Exemplo desse livro que *renasce a cada leitura* é a obra de Cervantes, "reescrita" por Pierre Menard, personagem de Borges. O texto secundário ganha foros de individualidade, comparado ao original, sob a luz da leitura que o ilumina, porque

> (...) reler, traduzir são *parte* da invenção literária. E talvez que reler e traduzir *são* a invenção literária. Daí a necessidade implícita de uma poética da leitura [6].

Esse ponto fortalece a posição do leitor como recriador dos textos, principalmente, quando se trata de uma

---

4. MONEGAL, E. R. *Borges: Uma Poética da Leitura*, São Paulo, Perspectiva, 1980, p. 80. Debates 140.
5. GENETTE, G. *Figuras*, p. 128.
6. MONEGAL, E. R. *Op. cit.*, p. 91.

obra aberta como a de Borges. Diante dela, o leitor não pode permanecer submisso, pois

(...) o autor de uma obra não detém e não exerce sobre ela nenhum privilégio, pois ela pertence desde o nascimento (e talvez antes) ao domínio público e vive apenas de suas inumeráveis relações com outras obras no espaço sem fronteiras da leitura [7].

Dessa forma, elimina-se a antinomia, baseada na dominância da obra, como sistema autônomo, quanto a qualquer outra, uma vez que todas subsistem graças às relações mantidas, dentro do sistema literário,

(...) aquele espaço curvo onde as relações mais inesperadas e os encontros mais paradoxais são, em cada instante, possíveis [8].

Parecem concordar, entre si, as teorias de Borges, Genette e a crítica arquetípica de Frye. Embora o último não se atenha, particularmente, à leitura, estabelece como origem das obras a natureza e, se há um princípio comum a todas, encontrar-se-ão, por mais original que a obra pretenda parecer, traços desse arquivo cósmico, ligando umas às outras e, segundo Frye, o estudo dos gêneros centra-se no estudo da convenção.

Quando se fala em convenção, pensa-se num universo vocabular, onde pululam símbolos e imagens típicas de que se apropria o poema ou a prosa. Por mais que se reverta a ordem deles, o sistema caracteriza-se por seu aspecto social com função comunicativa e, portanto, pertencente à civilização. Esses símbolos não são patrimônio cultural de um só autor, mas da Literatura, visto que se repetem em várias obras e repercutem na nossa própria experiência.

É o caso da obra de Guimarães Rosa (de que se trata), centrada na crença mítica do mal, encarnado pelo demônio. A possibilidade de negociar a alma, com essa entidade miraculosa, em troca de algum benefício, é tema que percorre a Literatura. O benefício faz com que o herói, Riobaldo, se enquadre em modos diversos: de início, pertence ao modo imitativo baixo, por tratar-se de um homem semelhante à maioria dos outros; após o pacto, irá pertencer à categoria dos heróis-líderes, com poderes su-

---

7. GENETTE, G. *Op. cit.*, p. 127.
8. *Idem*, p. 127.

periores, embora dentro da ordem natural, integrando o *modo imitativo elevado* [9].

A tradição do menestrel de cuja boca flui a memória dos feitos, as histórias populares, é retomada em Riobaldo, que vai cantar/contando a vida nômade do sertão. Há, portanto, aí, a presença dos elementos arquivados, à espera da ressurreição, ou o resultado das leituras que o autor fez das narrativas épicas antigas e das novelas medievais.

A teoria arquetípica pode explicar o fenômeno curioso de uma simbologia compartilhada entre o romance de Rosa e os contos gauchescos de Borges, o que se comentará na sua hora e vez.

Assim sendo, a originalidade consiste em tão-somente romper com o convencional, enquanto associações esperadas, e substituí-las pela anticonvenção que, a seu tempo, passará à convenção novamente. Frye, defendendo a idéia de que

(...) o verdadeiro pai ou espírito configurador do poema é a própria forma do poema, e essa forma é a manifestação do espírito universal da poesia,

cita Milton e diz que a grandeza do "Paradise Regained", como poema, não é a grandeza das decorações retóricas que Milton acrescentou à sua fonte, mas a grandeza do próprio tema, "que Milton *transmite* de sua fonte ao leitor".[10]

Borges também encara a Literatura como convencional. E a idéia de um espírito configurador da obra literária, de uma fonte única ou de um arquivo cósmico é explorada por ele ao extremo da negação. Prega a inexistência da individualidade criadora e, segundo a análise que Monegal faz de vários escritos, entre eles "La Flor de Coleridge", o autor

(...) postula uma visão *impessoal* da Literatura; substitui os numerosos autores por um único, o Espírito [11].

Este espírito parece ir ao encontro do que Frye defende. No prólogo a *El Informe de Brodie* (1970), Borges afirma:

---

9. A teoria de Frye baseia-se na concepção aristotélica do herói das narrativas homéricas. "Crítica Histórica: A Teoria dos Modos" in: *Anatomia da Crítica*, p. 39.

10. *Anatomia da Crítica*, pp. 101 e 99.

11. MONEGAL, E. R. *Op. cit.*, p. 12.

Cada lenguaje es una tradición, cada palabra, un símbolo compartido; es baladí lo que un innovador es capaz de alterar [12].

Se a teoria arquetípica de Frye explica alguns enigmas borgianos, Borges, por outro lado, oferece uma saída para o problema da autenticidade da obra literária. Em *Otras Inquisiciones* (1951), "Nota sobre Bernard Shaw", diz que

O livro não é um ente incomunicado: é uma relação, é um eixo de inumeráveis relações. Uma Literatura difere de outra ulterior ou anterior, menos pelo texto que pela maneira de ser lida; se me fora outorgado ler qualquer página atual — esta, por exemplo — como será lida no ano de dois mil, eu saberia como será a Literatura no ano dois mil [13].

Finalmente, a teoria arquetípica parece explicar o sentido, captado por Genette, de que a Literatura univesal é

(...) uma vasta criação anônima onde cada autor é apenas a encarnação fortuita de um Espírito intemporal e impessoal, capaz de inspirar, como o deus de Platão, o mais belo dos cantos ao mais medíocre dos cantores e de ressuscitar em um poeta do século XVIII o sonho de um imperador mongol do século XIII (...) [14].

Se o espírito configurador é a própria forma do poema, Borges bem o sabe, todavia, não o preocupa a originalidade da produção. Acha que é

(...) supérfluo indicar se uma obra é *original* ou *copiada* de outra fonte. Toda história, todo texto é definitivamente original, porque o ato de produção (= reprodução) não está na escritura, mas na leitura [15].

Dessa maneira, no presente estudo, a intenção não é de crítica, entendendo-a como atividade que vai da desmontagem ao juízo de valor. Chegar-se-á à crítica, entendendo-a no sentido borgiano que Monegal enfatiza:

(...) todo julgamento é relativo, e crítica é também uma atividade tão imaginária quanto a ficção ou a poesia [16].

Configurar-se-á, portanto, a leitura, aquela que participa do processo criativo. Não se quer desmontar as peças

12. *Idem*, p. 12.
13. *Idem*, p. 97.
14. GENETTE, G. *Op. cit.*, p. 128.
15. MONEGAL, E. R. *Op. cit.*, p. 71.
16. *Idem*, p. 80.

apenas para ver o funcionamento, nem retirar as vísceras do corpo poético — parece fácil fazer do corpo fóssil. Nada de microscopia necroscópica. Pode, porém, acontecer. São perigos que espreitam nos postigos das veredas. Enfim, carece de falar!

O Passado como Presente

> *El ejecutor de una empresa atroz debe imaginar que ya la ha cumplido, debe imponerse un porvenir que sea irrevocable como el pasado.*
>
> Ficciones

Esse passado irrevogável impele ao movimento circular: a obra de Borges é passado/futuro, numa ligação xifópaga. Examiná-la obriga a procura de um método que projete o estudo da fase larvária no seu vôo de borboleta. Aquela constituiu-se de um bloco de escritos deserdados e este ganha simpatia, porque o desprezo do pai parece ter sido endossado por alguns críticos. Trata-se de coletâneas de textos escritos em 1925/1928, na juventude do autor. Borges, ao remeter ao esquecimento suas primeiras experiências (obras proibidas para os leitores, pois não foram republicadas e estão enclausuradas nas bibliotecas), sabe que estão ligadas ao futuro, e que essa face solar é o lastro da atual, lunar. Consideram-se aqueles escritos como solares, porque se constituem, na maioria, de ensaios, onde se discutem a língua e a linguagem, tecem-se críticas a obras lidas e neles não se apresenta ainda o hibridismo de gêneros da fase mais recente. Nesta, os textos podem ser considerados lunares, porque, além da teia complexa das idéias, refletem o mundo, guardado na memória, por um Borges já cego. Vendo-se a obra, como uma moeda de duas faces, é possível entender a posição desse autor que diz num poema:

> Que otros se jacten de las páginas que han escrito;
> a mí me enorgullecen las que ha leído.
> No habré sido un filólogo,
> (...)
> pero a lo largo de mis años he profesado
> la pasión del lenguaje.
> Mis noches están llenas de Virgilio;
> haber sabido y haber olvidado el latín

> es una posesión, porque el olvido
> es una de las formas de la memoria, su vago sótano,
> la otra cara secreta de la moneda.
> (...)
> a mis años, toda empresa es una aventura
> que linda con la noche [17].

Há, aí, três afirmações fundamentais: a paixão pela linguagem, em cujos meandros se pretende penetrar; o esquecimento, visto como uma das formas da memória (o fato, embora exista, conscientemente, nega-se a manifestar-se); e a proximidade com a noite, possivelmente a velhice, com certeza, a cegueira.

A obra borgiana alimenta-se num moto perpétuo. Examinar isso é imergir no próprio movimento cíclico para, com ele e nele, saber como as idéias se foram solidificando no plasma da meditação. Os temas sofrem mudanças, mas são sempre os mesmos: bóiam em diferentes contextos, estabelecem-se em linhas paralelas, cruzadas; há um esqueleto a encarnar-se, a reencarnar-se. Isso interessa, principalmente, quando se consubstancia, no momento atual, o que era brumário no passado: o papel agente do leitor como continuidade da obra no tempo. Quanto à linguagem, a metáfora granjeia ensaios primitivos, os mais diversos, onde se revela a palavra como fascínio e a imagem como sedução para Borges. Na fase recente, isso fica submerso, trata-se de uma das camadas do palimpsesto; será, talvez, a mais apagada, a que não se vê a olho nu, mas que "reagentes químicos" podem reavivar.

Monegal considera que o conceito, depois tão repetido de "Literatura Fantástica", só é adequadamente definível a partir da produção crítica borgiana do período de 30-40. Ao fazê-lo, afirma a necessidade de conhecê-la mais a fundo, pois se trata do embasamento dos futuros escritos. É o momento em que "Borges está desenvolvendo sua própria ficção (...)". E, apontando aqueles ensaios, diz que têm "o propósito: preparar o terreno para a obra futura, abrir caminho, educar o leitor potencial". Afirma, quanto a esses textos preparatórios do conceito de Literatura Fantástica, o que se pode afirmar dos que seriam "deserdados" pelo autor:

(...) tiveram uma repercussão mais reduzida e, em geral, foram esquecidos até por críticos que são tidos como especialistas da obra [18].

17. BORGES, J. L. "Un Lector". In: *Elogio de la Sombra, Obras Completas*, p. 1016.
18. MONEGAL, E. R. *Op. cit.*, p. 161.

Assim, o que está no vago porão, a cara secreta da moeda, que são as obras do passado, entra em cena, agora, como forma de angariar fundos para diminuir a relatividade própria de qualquer leitura. Além disso, Borges atinge uma depuração lingüística que só se torna inteiramente perceptível, como processo gradativo, após a viagem a essa fase inicial.

A sedimentação, ou camadas do palimpsesto, fica bem evidente em dois ensaios. O primeiro, mais atual, tem raízes num outro, bem antigo. É o que se chama mudança da larva em borboleta. Em *Otras Inquisiciones* (1952), Borges publica "El Enigma de Edward Fitzgerald", onde contará, numa forma híbrida entre ensaio e relato, a história de um persa do século XI da era cristã e de um inglês, Fitzgerald, que vive sete séculos após. Estabelece paralelo entre ambos: o primeiro filosofa, pensa a transmigração das almas, percorre os enigmas geométricos, escava a presença de um espírito unificador e compõe versos; o segundo dedica-se à Literatura, percorre o dicionário, na busca das palavras, traduz versos.

Em 1925, Borges publicara uma coletânea — *Inquisiciones* — onde se encontra um ensaio — "Omar Jayám y Fitzgerald" — esqueleto do primeiro, com informes acerca dos poetas. O esqueleto é mais uma crônica com o intento de comentar a tradução, para o espanhol, que seu pai fizera do Omar Khayyám de Fitzgerald. Nesse óvulo não há hibridismos.

O fato repete-se com constância. Há sempre uma ligação de uns textos com outros; por isso, essas correlações tornam-se sustentáculos do estudo, ora iniciado, que estabelecerá pontos de contacto de Borges com Borges, como de Omar com Fitzgerald, para, depois, usando o método do primeiro, ousar mais — contactar Borges e Guimarães Rosa, num processo semelhante.

Para os primeiros encontros com Borges, além da citada antologia de 1925, são úteis outras:: *El Idioma de los Argentinos* (1928) e uma terceira mais recente: *El "Martín Fierro"* (1953). As primeiras são as gravações primitivas do palimpsesto; a última marca uma época — a gauchesca — ponto de convergência de um estudo que tentará reconstruir as *ruínas circulares* do templo borgiano.

Em "Las Ruinas Circulares" (*Ficciones* — 1956), a personagem isola-se no templo de antigos sacrifícios para sonhar um homem. O autor descreve a agonia durante a criação. Ao cabo do relato, o homem descobre-se também fruto de um sonho, que outro sonhara. É o gérmen do mundo como metáfora, e do próprio homem — criatura/ criador — inserido no contexto produzido.

Eis, portanto, a leitura do que se configura como sonho borgiano.

Inquisiciones (1925) marca-se pela presença de vários ensaios dedicados aos problemas da linguagem, à perquirição da palavra, da essência do poético, da existência das figuras, além da crítica de obras, naquela época (Borges ainda se ocupava de autores "reais") já permeada de laivos irônicos que o tempo adensará. É caso típico o que diz de Joyce, quando principia "El Ulises", declarando-se "(...) el primer aventurero hispánico que ha arribado al libro de Joyce". Esse aventureiro percorre a obra, fechando os comentários com uma comparação:

> Joyce es audaz como una proa y universal como la rosa de los vientos. De aqui diez años — ya facilitado el libro por comentadores más tercos y más piadosos que yo — disfrutaremos de él.

Conclui com o

> (...) que confesó Lope de Vega acerca de Góngora: sea lo que fuere, yo he de estimar y amar lo que entendiere con humildad y admirar con veneración lo que no alcanzare a entender [19].

Há, aí, três pontos: a comparação espelha a admiração por Joyce, a despeito da temperatura irônica do texto; há o toque característico borgiano — duas linhas rasgam o espaço até o infinito — seu onipresente ritmo binário. Em segundo lugar, há a importância da leitura — Joyce só será realmente apreciado, quando as diversas leituras o desvelarem. Terceiro ponto: é a posição do leitor (Borges sempre se diz leitor) que deve admirar aquilo cujo entendimento não chega a alcançar, pois falha, se houver, pode estar na leitura, ainda não suficientemente produtiva, e não na escritura.

Em "Después de las imágenes", Borges usa a metáfora para explicar que a imagem é feitiçaria. Por isso, transformar uma coisa na outra não é o bastante. O poeta deve ser mais que feiticeiro. É preciso viver a realidade que, por meio da metáfora, cria, ou criar, talvez, uma outra realidade.

A visão do poeta como a de criador dum simulacro, que passe a ser real imantado pela crença na realidade

---

19. BORGES, J. L. *Inquisiciones*, p. 25.

criada, desenvolve-se, depois, noutros momentos. Tal realidade deve convencer a tal ponto que leitor e autor entrem numa mesma freqüência de ondas. O valor não está em criar metáforas, mas desenvolver a verossimilhança que nelas se forja.

As perquirições borgianas são fragmentárias, e ele sempre volta como o assassino ao local do crime para apresentar o mesmo tema. Em "Examen de Metáforas", outra vez o assunto vem à baila, já agora numa discussão do idioma, da classificação das palavras, da necessidade de fixar, por meio delas, nossa emoção:

> El lenguaje, gran fijación de la constancia humana en la fatal movilidad de las cosas es la díscola forzosidad de todo escritor. Práctico, inliterario, mucho más apto para organizar que para conmover, no ha recabado aún su adecuación a la urgencia poética y necesita troquelarse en figuras [20].

Isso denota a constante preocupação de Borges com a língua e com seu uso expressivo. São pontos que não deixam de ser desdobrados, novamente, em segundas e terceiras camadas do palimpsesto.

No prólogo que abre a coletânea *El Idioma de los Argentinos* (1928), Borges triparte suas direções:

> La primeira es lo recelo, el lenguaje; la segunda es un misterio y una esperanza, la eternidad; la tercera es esta gustación, Buenos Aires [21].

Informa que a linguagem é um receio. Reconhece o risco que representa o falar e o enfrenta com o método do re-falar. Em "Indagación de la Palabra", põe-se a analisar a linguagem, num parâmetro que pretende ser gramatical, mas sai-se antigramatical. Usa uma frase de Cervantes, partindo, depois, de Croce para as teorias psicológicas e, daí, para as correntes lingüísticas. Trata-se do esqueleto que subjaz em outros textos, entre eles, no relato posterior, incluído em *Ficciones* (1941) — "Tlön, Uqbar, Orbis Tertius", onde é clara a paródia que encerra. Tlön é o correspondente do nosos mundo. As obras podem ter um correspondente às avessas. O mundo é uma grande escritura, logo se deve criar outro orbe para parodiá-la. Na descrição de Tlön, conjugam-se as idéias germinadas anteriormente acerca da metáfora, da linguagem, da orga-

20. *Idem*, p. 167.
21. *Idem*, p. 8.

nização gramatical, da posição do escritor diante do real e do simulacro. Há resquícios schopenhauerianos (temário, em embrião, noutros ensaios), na idéia de que os objetos não têm realidade subsistente por si mesma, é a vontade que os cria, num mundo ilusório, e à vontade cabe torná-los "reais".

Noutro momento, "Otra vez la Metáfora", o autor sedimenta os alicerces da forma híbrida, quanto aos gêneros, que se amplia futuramente. Aqui, citando Shakespeare, Borges salienta que o escritor inglês principia desta maneira um soneto:

> No mis propios temores ni el alma profética del ancho mundo soñado en las cosas que vendrán (...)

e considera:

> Si la locución *alma profética del mundo* es una metáfora, sólo es una imprudencia verbal o una mera generalización de quien la escribió; si no lo es, si el poeta creyó deveras en la personalidad de una alma pública y total de este mundo, entonces ya es poética (...) [22].

Este ponto acha-se ainda mais desenvolvido no ensaio da mesma coletânea — "La Fruición Literaria" — além de recorrer em outros. Trata-se do esqueleto que sustém a encarnação do futuro Pierre Menard; é o arcabouço da Poética da Leitura e há subsídios para que se compreenda o processo especular, cujos reflexos se procura captar para iluminação de desabrochares vindouros.

É considerável a importância que a metáfora assume nas lucubrações borgianas. Ela está sempre presente na análise que, partindo da Literatura, atinge o mundo. Borges ratifica-a em "Otra vez la Metáfora". Falando dessa figura, combate a idéia de que, pelo seu uso, pode medir-se o valor do poeta e conclui:

> Si lo menciono, es para advertir que la metáfora es asunto acostumbrado de mi pensar [23].

Trata-se de um ponto nodal, mas Borges não a vê como um meio expressivo de linguagem. Encara-a, a partir da impressão que possa causar no leitor, que a ajuizará de acordo com a reação que suscitar nele. Vai ser encon-

---

22. BORGES, J. L. *El Idioma de los Argentinos*, pp. 60-61.
23. *Idem*, p. 55.

trada ainda como suporte de idéias fundamentais, como é o caso de:

> El incendio, con feroces mandíbulas devora el campo. Esta locución ¿es condenable o es lícita? Yo afirmo que eso depende solamente de quien la forjó, y no es paradoja [24].

A partir desse ensaio ("La Fruición Literaria") e dessa metáfora, cuja idéia é retomada muitas vezes, Monegal procede a um estudo que levantará as bases da reversão de valores, marcante, no mundo borgiano. Relativamente ao ensaio citado, Monegal conclui, entre outros pontos, que, para Borges, mesmo a crítica literária é uma atividade imaginária. Por acreditá-lo, romperá o limite entre os gêneros, na prática de uma miscelânea literária, onde cada texto será, ao mesmo tempo, crítica, ficção, teoria, além do entrelaçamento da poesia nas fibras do tecido. Uma vez que todas essas atividades são imaginárias não se justificam os limites-rótulos.

O problema constituído pela negação do tempo, da personalidade, culminando na negativa do próprio autor, é um dos aspectos mais estudados da obra borgiana. As considerações a respeito já surgem em *Inquisiciones* (1925) no ensaio "La Nadería de la Personalidad", onde o autor lança as primícias do que desenvolverá posteriormente. O caráter insólito e paradoxal do problema explica a preferência que vai do ponto de vista filosófico, psicológico, à própria concatenação da estrutura literária. A bibliografia é vasta. Discutem-se influências. Averiguam-se plataformas. Entretanto, não são problemas que devam ser tratados neste estudo.

Aguça a curiosidade um Borges que se despede do papel de autor, privilegiando a leitura e as conseqüências disso. Portanto, é útil uma visada nos "prológos "de que ele é pródigo. Esses prefácios não pretendem indicar ao leitor um modelo de leitura. Se assim fosse, não teriam eficácia, porque pouco elucidam quanto ao sistema prefaciado. Se vistos pela linha geral que rege tal hábito, são ardilosas simulações. Borges prefacia o livro como se fizesse a avaliação do assunto na qualidade de leitor, apresentando, por seu turno, o livro de sua autoria, como faz com os de outrem. Isto fica claro no prólogo à primeira edição de *Historia Universal de la Infamia* (1935), onde diz:

---

24. *Idem*, p. 105.

En cuanto a los ejemplos de magia que cierran el volumen, no tengo otro derecho sobre ellos que los de traductor y lector. A veces creo que los buenos lectores son cisnes aún más tenebrosos y singulares que los buenos autores. Nadie me negará que las piezas atribuidas por Valéry a su pluscuamperfecto Edmond Teste valen notoriamente menos que las de su esposa y amigos.

Leer, por lo pronto, es una actividad posterior a la de escribir: más resignada, más civil, más intelectual [25].

Em contrapartida, no prólogo de *Inquisiciones* (1925) diz:

La Prefación está en la entrada del libro, pero su tempo es de posdata y es como un descartarse de los pliegos y un decirles adiós [26].

O tempo do após é o tempo da leitura. Como autor, o trabalho está findo, já não resta senão dizer adeus à obra, para assumir nova condição. É nela que inventaria as peças de *Ficciones* (1941). Não se trata de um roteiro *para* o leitor, mas do leitor. Monegal, comentando esses aspectos diz:

Ler um livro é algo mais que exercer uma atividade passiva (...) é uma atividade que participa da própria criação, já que é um diálogo com um texto (...) [27].

Do ponto de vista borgiano, elimina-se a subordinação entre autor e leitor, já que desaparece a identidade de ambos, quando encarados de forma equivalente. Monegal, analisando "Tlön, Ubqar, Orbis Tertius", conclui:

Ao sublinhar a dupla identidade do autor-leitor, por um lado, e a de todos os homens no instante do coito, Borges insinua outra identidade que une as duas séries. Na primeira, como na segunda, o conceito subjacente é o da reprodução. O leitor reproduz o texto de Shakespeare: é Shakespeare. Cada homem, no instante do coito, cumpre um ato genesíaco básico, é, pois, todos os homens [28].

O paralelismo, como se comentou, é obsessivo em Borges e vai comandar o desfile de autores e obras, muitos dos quais apócrifos na sua produção. A obsessão parte da metáfora, quer na sua forma mais simples — dois elementos justapostos comungam afinidades — quer na

---

25. *Idem*, p. 289.
26. *Idem*, p. 5.
27. MONEGAL, E. R. *Op. cit.*, p. 97.
28. *Idem*, p. 103.

sua forma mais sofisticada — a alegoria. Uma fonte para espíritos que vêem na aproximação "analógica" um meio de questionar o fim da descoberta. Borges aproximou um persa e um inglês para concluir que:

> Un milagro acontece: de la fortuita conjunción de un astrónomo persa que condescendió a la poesía, de un inglés excéntrico que recorre, tal vez sin entenderlos del todo, libros orientales e hispánicos, surge un extraordinario poeta, que no se parece a los dos [29].

Há sete séculos de permeio entre ambos, há contextos culturais diferentes, há os limites idiomáticos, mas o milagre ocorre. Borges insinua ironicamente uma explicação sobrenatural — a reencarnação dos espíritos. Seria, talvez, mais lógica, a teoria do "espírito configurador do poema", de Frye.

Fato análogo é referido por Octavio Paz em *Traducción: Literatura y Literalidad*. Trata-se da influência de Laforgue, poeta simbolista francês, na literatura americana (Pound, Eliot e Leopoldo Lugones). A obra do argentino Lugones exercerá sobre López Velarde (autor mexicano) forte impressão. Eliot publica a obra *Prufrock and Other Observations* e, dois anos depois, Velarde publica *Zozobra* (1919). Curiosamente, em ambos, aparecem traços laforguianos e, diante disso, Paz conclui:

> Dos poetas escriben, casi en los mismos años, en lenguas distintas y sin que ninguno de los dos sospeche siquiera la existencia del otro, dos versiones diferentes e igualmente originales de unos poemas que unos años antes había escrito un tercer poeta en otra lengua [30].

Mais um exemplo do "espírito configurador do poema" manifestando-se, cumpre citar. Desta feita, a "metempsicose" ocorre, quando Augusto de Campos traduz para o Português um rubai de Khayyam. O tradutor baseia-se na versão de Fitzgerald para o inglês; a forma "semiótica" onde se apóia lhe permite traduzir não somente a compleição corpórea do rubai, mas também o espírito, elementos extratextuais que pairam, como atmosfera, e trazem de Khayyam, do persa e do momento histórico a revelação da fragilidade efetiva da vida cuja essência deve ser apreendida e esgotada no prazer material. O tradutor

---

29. BORGES, L. J. "El Enigma de Edward Fitzgerald". In: *Otras Inquisiciones*, p. 81.
30. PAZ, Octavio. *Op. cit.*, p. 19.

recupera, na transcriação, o mesmo *arquétipo* que une o poema persa ao horaciano e este ao de Fitzgerald. Isto ocorre tendo em vista o seguinte:

(...) os critérios intratextuais que enformam o "modus operandi" da tradução poética podem ditar as regras de transformação que presidem à transposição dos elementos extratextuais do original 'rasurado' no novo texto que o usurpa e que, assim, por desconstrução da história, traduz a tradição, reinventando-a [31].

Se tais encontros ocorrem nesse espaço curvo de que fala Genette, referindo-se ao universo literário, não causará estranheza que, de semelhanças intrínsecas, possa nascer um estudo comparativo entre autores, ao que tudo indica, antípodas. Trabalhando-se com Guimarães Rosa e Jorge Luis Borges, no nível da leitura tradutória recriadora, poderá surgir um novo texto, cujo *modus operandi* se apoiará na liberação do "espírito comum", sujacente à obra de ambos.

---

31. CAMPOS, H. de. "Tradução, Ideologia e História". In: *Cadernos do MAM*, n. 1, Rio de Janeiro, dez. 1983.

2. PRELIMINARES: DEMARCAÇÃO DE LIMITES

Antes de se penetrar no mundo textual, sob a condição de leitor/recriador, é necessário estabelecer o limite do que essa leitura abrangerá. Ao fazê-lo, convém alinhavar algumas considerações que outros leitores — a crítica e o próprio Borges — teceram com realção aos textos escolhidos.

Trata-se de obras, consideradas gauchescas porque, devido a certos traços, se enquadram num todo que abrange a produção literária da zona meridional sul-americana: a Literatura Gauchesca. Sob essa denominação, reúnem-se obras que se desenvolveram na Argentina, no Uruguai e no Brasil, centradas nos temas da biocultura gaúcha. Expressam-se por meio de particularidades lingüísticas de uso rural e popular, às vezes constituídas pelos resquícios dos substratos indígenas. Tal filão literário aproveitará o caudal das experiências adquiridas com a vida rude e livre, característica do nomadismo das primeiras populações, sufocado, depois, pelos agrupamentos que se sedentarizaram com a criação de gado. Tornam-se os gaúchos, os heróis dessa literatura, consumados arquétipos de um *modus vivendi* semelhável àquele que o cinema imortalizou na figura do *charro* mexicano ou do *cowboy* americano.

Quanto ao essencial, o *gaucho* nada tem em comum com as personagens dos *westerns*, é preciso que se diga. O paralelo ocorre relativamente ao acessório: a presença do cavalo e das desabaladas correrias; o vínculo estabelecido com a natureza e esta como paisagem que põe à prova a bravura; os lances de violência, a rebeldia, a consciência da força como fator de sobrevivência.

Todavia, embora se enquadrem os contos borgianos na Literatura Gauchesca, só ocorre assim por uma questão terminológica. O gauchesco de Borges, visto verticalmente, só se enquadra naquela denominação de maneira relativa. Na verdade, o gaúcho típico dessa literatura não é o seu herói, nem os pampas seu cenário, e as histórias que conta apresentam caráter particular cujos traços serão comentados posteriormente.

O núcleo do presente estudo abrange três contos: "Hombres Pelearon", "Hombre de la Esquina Rosada", e "História de Rosendo Juárez". Dos três, o segundo é um conto muito especial na produção borgiana. A singularidade não está no regionalismo, pois há outros textos onde ocorrem expressões semelhantemente gauchescas, porém a nenhum outro conto se compara quanto ao feitio artesanal da linguagem. Talvez por isso, a originalidade propaga-se ao seu próprio histórico.

Borges, reservado no comentário de suas criações, mostra-se pródigo de referências àquele filho único. Em *Perfis — Um Ensaio Autobiográfico*, faz o relato de seu nascimento:

> Levei uns seis anos, de 1927 a 1933, para ir daquele esboço demasiado contrafeito de "Hombres Pelearon" a meu primeiro conto completo "Hombre de la Esquina Rosada". Morrera um amigo meu D. Nicolás Paredes, antigo chefe político e jogador profissional da Zona Norte, e eu queria registrar algo de sua voz, de suas anedotas e de seu modo particular de contá-las. Trabalhei como um escravo em cada página, pronunciando cada sentença e esforçando-me para enunciá-la em tons exatos. Naquela época, estávamos vivendo fora em Adrogué, e porque sabia que minha mãe desaprovaria energicamente esse tema, compus o conto em segredo durante um período de vários meses [1].

1. BORGES, J. L. *Perfis — Um Ensaio Autobiográfico*, p. 101.

Borges conta que, por modéstia, assinou-o com um pseudônimo — Francisco Bustos — nome de um dos seus bisavós e que fora publicado, primeiramente, no suplemento de um diário, chamado *Crítica*.

Os contos publicados nesse diário organizaram-se num livro, *Historia Universal de la Infamia,* cuja primeira edição data de 1935 e, sem dúvida, aquele conto é o mais notável da coletânea. O próprio Borges chama atenção para isso, quando tenta desvalorizá-lo, nas suas memórias, onde diz:

> Embora a história se tivesse tornado tão popular ao ponto de causar embaraço (hoje a considero teatral e afetada e falsos os personagens), nunca a encarei como um ponto de partida. Ficou ali, simplesmente como uma espécie de aberração [2].

Mais além, refere-se aos outros esboços que compõem o volume e reabilita a "aberração":

> (...) o que há de irônico é que aquele 'Hombre de la Esquina Rosada' era de fato um conto, mas que estes esboços [refere-se a outros textos da coletânea] e vários dos trabalhos de ficção que os seguiram e que muito vagarosamente me levaram a contos legítimos, eram uma espécie de burla e pseudo-ensaios (...) [3].

O conto é vítima da oscilação da maré anímica de seu criador. No prólogo à edição de 1954, da *Historia Universal de la Infamia,* Borges novamente lhe faz alusões. Ao procurar diminuir as outras peças, de certa forma, revela algum gosto por aquilo que chamara de "aberração" porque, com certeza, reconhece-lhe algum mérito. Na referência, exclui-se (notem-se os prólogos reveladores — exercícios de leitura!), quando comenta:

> Son el irresponsable juego de un tímido que no se animó a escribir cuentos y que se distrajo en falsear y tergiversar (sin justificación estética alguna vez) ajenas historias. De estos ambiguos ejercicios pasó a la trabajosa composición de un cuento directo "Hombre de la Esquina Rosada — que firmó con el nombre de un abuelo de sus abuelos, Francisco Bustos, y que ha logrado un exito singular y un poco misterioso [4].

Em 1967, o conto volta ao prelo, agora como parte da *Nueva Antología Personal.* Embora no prólogo outra vez Borges o degrade, o fato de tê-lo incluído comprova

2. *Idem*, p. 102.
3. *Ibidem*.
4. *Idem*, p. 291.

e reitera que vê, no conto, merecimento. Com setenta anos, é assim que o autor encara o fruto dos trinta e quatro:

> El tiempo cuya perspicacia crítica he ponderado, persiste en recordar dos textos que me disgustan por su fatuidad laboriosa: "Fundación Mítica de Buenos Aires" y "Hombre de la Esquina Rosada". Si los he incluido aquí, es porque los espera el lector. Quién sabe qué virtud oscura habrá en ellos. Naturalmente, prefiero ser juzgado por "Límites", por "La Intrusa", por "El Golem" o por "Junín"[5].

Eis a fortuna crítica do conto no que tange à opinião do seu criador! Borges coloca-o na antologia, porque, como leitor, não pode deixar de apreciá-lo. Por isso, afirma que um autor deve interferir o menos possível na confecção de sua obra.

Na verdade, a interferência quanto à fatuidade deve-se ao autor, mas a decisão de incluí-lo coube antes ao Borges leitor[6].

Em "Hombre de la Esquina Rosada" manifesta-se a técnica do roteiro de cinema. Desde a montagem das cenas à linguagem extremamente visual, que dá movimento à ação, tudo faz lembrar filmes da década de 30, dentro da temática do duelo, época áurea dos *westerns* americanos. Apenas há um cenário gauchesco para heróis que tanto podem ser sul quanto norte-americanos, ressaltando-se as diferenças de costumes. A característica de roteiro de cinema é um dos pontos marcantes que singularizam o conto. Borges, num diálogo com Sábato, comenta o fato. Orlando Barone, organizador da obra *Diálogos,* pergunta a Borges, se, alguma vez, escreveu para o cinema. E este responde:

> Sólo una vez. En ese tiempo leía mucho a Chesterton, a Stevenson, e iba mucho al cinematógrafo. Me propuse escribir un cuento donde todo ocurriera del modo más visual posible.

---

5. *Idem,* p. 3.
6. Certas afirmações contraditórias do escritor argentino deixam de sê-lo, ao se apreender a inversão do ponto de vista: Borges exclui-se da escritura como autor, nega sua identidade como tal para assumir a posição inversa: a de leitor. Isso explica várias histórias que ele conta como reminiscências de fatos relatados por outrem. O próprio conto em destaque é exemplo, além de outros: "História de Rosendo Juárez", "La Forma de la Espada", "El Jardín de Senderos que se Bifurcan." Além disso, Borges relata fatos que leu, comentando-os; dessa forma evita perfilhar a ficção que, por outro lado, se evidencia: é leitor de obras e de autores que ele mesmo cria.

Entonces escribí "Hombre de la Esquina Rosada". Con gran sorpresa después vi que era leído como si fuera un cuento realista. Creo que fué el único cuento que hice así, como un ballet [7].

O conto foi transformado em filme, em 1962, pela Argentina Sono Film e dirigido por René Mugica que, em Francisco Real, viu uma personagem

con una tremenda dimensión trágica (..) un personaje mui representativo en mí país. Han estado mucho tiempo bajo el trágico destino de matar sin saber a quién. Han tenido que matar a personas que poco antes no conocían. Han tenido que vivir esta tragedia hasta ser muertos ellos mismos o hasta quedar destruidos... pretendo decir a través de ellos que "el machismo" nada vale, que los valores del hombre no pueden basarse en esa concepción de la vida. Que el amor tampoco puede cifrarse en eso (Declaraciones citadas por José Luis Egea en *Nuestro Aires* 14, Madrid, noviembre, 1962) [8].

Se o relato, conto, roteiro de cinema é admirável, não é menos o seu esboço. De linguagem descarnada, onde se entremeiam arabescos exóticos, compõe-se a matriz "Hombres Pelearon", publicado na revista "El'Martín Fierro' ", como informa Monegal:

The shorter of the two pieces called "Men Fought" had previously been published in *Martín Fierro* (1927-26/fev.) under the title "Police Legend". It is a narrative about the knife duel between two famous hoodlums: El Chileno, who came from the Southside on the banks of the River; and El Mentao, whose turf was the Northside, in Palermo. Some six years later Georgie developed the same situation in a longer and more famous versian, "Streetcorner Man"'. But in 1927 it was only a sketch [9].

Em 1928, "Hombres Pelearon" (o *sketch*) é republicado na coletânea *El Idioma de los Argentinos,* como parte de um ensaio ("Dos Esquinas") e passou ao "vago porão" da memória — o esquecimento. Sua existência comprova a importância dos escritos primitivos para um estudo mais acurado da personalidade borgiana, pois ali se configura o estado experimental, encontram-se os ingredientes da alquimia do verbo e a efervescente procura da expressão lingüística exata das idéias. Uma vez de posse da pedra filosofal, restava a aplicação da fórmula secreta aos temas que, cada vez mais, se apuravam no movimento circular

---

7. *Idem*, pp. 53-54.
8. *Apud* COZARINSKY, E. *Borges en y Sobre Cine*, pp. 121, 122.
9. MONEGAL ,E. R. "A Theory of Regionalism". In: *Jorge Luis Borges, a Literary Biography*, p. 209.

das reescrituras. De "Hombres Pelearon" a "Hombre de la Esquina Rosada" — seis anos de experiência para fazer do caos a obra. No sétimo, a gênese concluída, o criador descansa, já que, no final do volume, onde publica o conto

(...) oferece as fontes: cada história é "real" e se baseia em livros alheios. Borges aparece apenas como *leitor* e *redator* das histórias, não como seu inventor [10].

Esse caráter genesíaco do texto inça-o de dificuldades até mesmo para os falantes portenhos, e a crítica, muitas vezes, tende a olhar esse período primordial como algum apêndice "folclórico" da obra borgiana.

A crítica francesa, embora bastante sutil, não privilegia aquela parte da produção, contentando-se, geralmente, com algumas referências à fase gauchesca, sem, contudo, embeber-se nela. É compreensível. Para o leitor estrangeiro, além da barreira que a *fala* textual impõe, há ainda a vivência de uma realidade distante: o mundo suburbano de uma Buenos Aires *arrabalera* [11]. A crítica argentina dedicou atenção aos textos gauchescos, em época contemporânea à de sua publicação, mas também não se empenha em remexer a camada mais obscura do palimpsesto. Ao leitor portenho, a proximidade de sua história pode tirar-lhe a perspectiva, e a identidade com sua *fala* pode automatizar a leitura. Apesar de tudo, há quem se ocupa do universo regionalista de Borges, como Michel Berveillet que assinala elos entre o passado e o presente, reconhecendo o caráter cíclico da obra e a linha demarcatória entre o cosmopolitismo e regionalismo. Segundo o que diz:

Alternativement, Borges a pratiqué ces deux attitudes. D'un côté, par goût et par système, mais par goût plutôt que par système, il a dit et redit la poésie mélancolique ou pitoresque del'arrabal, de cette région indécise entre le campagne et la ville, entre le bien et le mal, entre le passé transitoire et le permanent. Et toujours il y reviendra malgré tant d'explorations aventureuses, entre-temps, dans les domaines les plus divers: à

10. MONEGAL, E. R. *Borges, Uma Poética da Leitura*, p. 90.
11. Alfonso Reyes lastima que as páginas admiráveis da Literatura Gauchesca "resulten inaccesibles al que no ha practicado aquellos ambientes de Buenos Aires". (REYES, A. "El Argentino Jorge Luis Borges." [*Tiempo*, México, 30 de julio de 1943 ("Misterio em la Argentina")]. In: *Jorge Luis Borges*, Jaime Alazraki, p. 62.

trente-trois ans d'intervalle. le conte suburbain de "La Intrusa" (1966) rappelle par plus d'un trait "Hombre de la Esquina Rosada" (1933) [12].

Quanto à excelência do estilo, Amado Alonso examina-o, numa resenha — "Borges, Narrador" (1935) — de maneira percuciente, tratando das peças que integram a coletânea *Historia Universal de la Infamia*. Aponta o esforço do autor para dar à linguagem feitio plástico e impressão de realidade, além de chamar a atenção para o ar estilístico muito particular. Da coletânea, em geral, diz que:

> El salto con que este libro aventaja a sus hermanos anteriores está en la prosa. Una prosa magistral en un sentido cualitativamente literario y no por lúcidas triquiñuelas de pluscuamperfectos y de gongoritos léxicos. De las tres clases de escritores, los que lo piensan antes de escribir. los que piensan mientras escriben y los que no lo piensan ni piensan, Borges es de los primeros. El pensamiento adquiere siempre forma rigurosa y las palabras van a tiro hecho. Economía y condensación. Borges llega a tener aquí estilo de calidad [13].

Segundo Amado Alonso, as virtudes do estilo fazem-se notar em todo o livro, todavia é em "Hombre de la Esquina Rosada" que mais se evidenciam. Chama a atenção para o poder plástico na apresentação das personagens do conto e analisa criteriosamente a fala portenha cujo acento Borges procura revelar de forma consciente e precisa. Aliás, o próprio Borges afirma, no Prólogo à coletânea *La Muerte y la Brújula* (1951), que escreveu o conto sob a influência dos filmes americanos de Sternberg e da leitura de Stevenson, baseando-se no caso conhecido de um duelo entre *cuchilleros*. Propôs-se, então, a narrar

> esa historia hermosa, conservando la voz y la entonación de los duros protagonistas, pero sujetando los hechos a una técnica escénica o coreográfica [14].

No campo da linguagem, cumpre assinalar o trabalho de Ana Maria Barrenechea — "Borges y el Lenguaje" (1953). A autora analisa a busca da expressão regional, comenta o ensaio citado, *El Idioma de los Argentinos*, es-

12. BERVEILLET, M. *Le Cosmopolitisme de Jorge Luis Borges*, p. 44.
13. ALONSO, A. "Borges, narrador". In: ALAZRAKI, J. *Jorge Luís Borges*, p. 49.
14. BORGES. J. L. *Op. cit.*, p. 11.

pécie de profissão de fé borgiana em se falando de linguagem, e ressalta, ali, certas particularidades próprias da fala. Dá subsídios para um estudo lexical dos textos primitivos. O arrolamento dos termos *criollos,* dos neologismos, criados pelo autor, dos latinismos, das expressões *quevedescas,* dos arcaísmos é preciso por ser comprobatório da pesquisa vocabular empreendida por Borges, antes que aderisse à transparência lingüística que, atualmente, faz a crítica voltar-se para a densidade e opacidade das idéias. Além disso, oferece-se como trampolim para um mergulho naquela linguagem experimental.

Segundo a autora:

> En los últimos tiempos, Borges, crítico de sí mismo, ha denunciado el exceso de color local, de lenguaje "deliberada y molestamente criollo" en algunas de sus obras (*Luna de Enfrente, Evaristo Carriego*), confesando que fracasó al buscar en lo externo el sabor de la patria, pero que fue dado luego en páginas como el *Poema Conjetural,* internamente sentido y limpio de todo pintoresquismo [15].

Há interesse manifesto pela expressão estilística, como se pode verificar pelas datas, nos primeiros testemunhos críticos. Atualmente, os textos de *Ficciones, El Aleph,* por exemplo, têm merecido maior atenção, quando se consubstanciam os labirintos estilísticos de ordem conceitual.

"Hombre de la Esquina Rosada" pertence a uma trilogia da qual se ressaltaram dois membros: "Hombres Pelearon", sua gênese, e o próprio conto-quadro. Resta falar do terceiro membro, seu reflexo: "Historia de Rosendo Juárez". Este relato integra *El Informe de Brodie* (1970), onde se encontram outras peças de Literatura Gauchesca como "El Encuentro", "La Intrusa", "El Duelo".

Rosendo Juárez é a personagem infame que, em "Hombre de la Esquina Rosada", se recusa ao duelo para o qual é desafiado, manchando-se, assim, com a desonra. Infere-se pelo contexto que seja o 'homem do Norte' — *El Mentao* — de "Hombres Pelearon", já que seu antagonista é Francisco Real — *El Corralero* — naquele esboço, o homem do sul.

Os anos passam para os seres humanos, mas passam também para os seres de ficção. Em muitas narrativas é comum a personagem ressuscitar nas páginas posteriores àquelas que pareciam tê-la sepultado. Rosendo Juárez, após fugir do texto "Hombre de la Esquina Rosada", para

---

15. BARRENECHEA, A. M. "Borges y el Lenguaje". In ALAZRAKI, J. *Jorge Luis Borges,* p. 225.

o leitor, tem fim desconhecido. Como não se tem referência à época de seu retorno à mente do autor, pode-se dizer que se passam mais de trinta anos na sua vida *real*; nesse ínterim, envelhece, *lê* sua história, na obra de Borges, e fica ansioso para *desfazer* o equívoco de que é vítima. O seu ponto de vista do acontecido, no passado, é relatado a Borges, mero ouvinte, no conto que conta sua história. Manifesta-se o que Amado Alonso considera *virtudes do estilo*. O mesmo episódio — o duelo — apresenta-se sob três reflexos diferentes, dentro da trilogia: no esboço, Francisco Real, o homem do sul, é vencido pelo homem do Norte, El Mentao. No conto-quadro, Rosendo Juárez (o homem do norte) é covarde e fujão. Francisco Real é morto traiçoeiramente por uma personagem, anônima, que se mostra revoltada com a covardia. Há, pois, o ponto de vista do autor, habilmente metido sob a pele do narrador do episódio. Do conto, refletido especularmente, sai a imagem, ao avesso, de Rosendo Juárez. Esta visão *deformada* mostra-nos um matador profissional, já na velhice, justificando seu procedimento. Segundo a sua visão do fato, agira honradamente, a vilania recaindo sobre Francisco Real, um caçador de fama, provocador de duelos com homens cuja destreza o uso do punhal tinha heroificado.

A estreita relação interna dos membros da trilogia faz com que este enfoque a englobe na sua totalidade. Proceder-se-á, por isso, à *transcriação* dos textos, usando-se como instrumento a leitura tradutória e enfrentando a dificuldade

(...) categórica de saber lo que pertenece al poeta y lo que pertenece al lenguaje. (...) a essa dificultad feliz debemos la posibilidad de tantas versiones, todas sinceras, genuinas y divergentes [16].

Imergindo no mundo da infâmia, o dos *orilleros,* o do *bajo fondo* portenho e da jagunçada dos gerais cujos relevos Borges e Rosa enformam e cuja realidade deformam para eternizá-la, a tradução se contamina. Torna-se a tradutora infame. Atraiçoa, deliberadamente, para melhor transcriar, onde os tradutores são apenas "neutros".

Dessa maneira, a tradução dos três contos apóia-se num sistema tríptico, cujo primeiro membro é a Poética da Leitura que, ao tornar o leitor participante, o projeta como re-elaborador do discurso; isso justifica o resultado

16. BORGES, J. L. "Las Versiones Homéricas". In: *Discusión*, p. 91.

como uma possibilidade entre as demais. Qualquer leitura, mesmo a intralingual, é, na sua essência, uma versão do texto, tendo-se em mira a reversão dos circuitos polares: a obra não está e nem deve ser definitiva, na cristalização da escritura, mas um ser, revitalizado pelo leitor, que lhe insufla a mobilidade e a atualização no tropel histórico.

A segunda plataforma de apoio consiste em perceber (e na conseqüente obediência ao princípio) as relações intertextuais que ligam umas obras às outras; neste caso, mais precisamente, relações intratextuais, de cunho inconsciente, porque nascidas da própria organização sígnica do texto. A história do processo tradutório é pródiga desses casos: traços estruturais perspassam e são detectados em escritos de diferentes épocas e diferentes autores. São elos da própria essência químico-orgânica da obra (ou do código formal que lhe serve de base) e agem quase de maneira autônoma. Descobertas essas matrizes comuns do discurso, a tradução longe estará de reproduzir para aproximar; torna-se a execução de mudanças sem mutilações, sem perdas do tecido poético — há a transposição por identidade.

Levando-se em conta a inter e a intratextualidade, e reduzidas as diferenças às semelhanças de estrutura verbal e, por conseqüência conceptual, acode o terceiro princípio: a obra literária caracteriza-se pela transgressão às leis da própria língua. Devendo submeter-se ao sistema, de poder autocrático e tirânico, o artista, aparentemente capitula, mas atua no sentido de subverter a ordem, auxiliado pelos artifícios da criatividade poética. Resulta desse estado de tensão entre instrumento e usuário, um produto cujo caráter estranho choca, mas deleita, sensibiliza e, sobretudo, desautomatiza.

A presença daquelas relações levaram ao cotejo entre obras aparentemente antípodas. Em Guimarães Rosa e nos contos gauchescos de Borges, as semelhanças afloram a partir do segundo e terceiro princípios: uma ordenação sígnica de marcas similares e a subversão do processo escritural esperado. Fruto do conflito entre as ordenações lógico-discursivas e da necessidade intrínseca de abalar essa estrutura de modo insólito, a tônica textual de ambos os autores repousa, na criação de um simulacro dentro da realidade lingüística, não para tecer em torno dela apenas uma ilusão, mas para intensificando-a fazê-la sobressair.

A escritura de Guimarães Rosa radicaliza, elevando a tensão a grau elevado de experimentalismo. Recolhe, nas expressões informais da comunicação oral, a pujança viva e as estratégias que ela emprega para burlar a sua irmã, sisuda e circunspecta, que a gramática protege. Escava, em pequenas comunidades lingüísticas, o léxico arcaico, a ordenação sintática de quem vai planejando à medida que fala. Isso cria um artesanato verbal, voltado para o cantar contando (e não para o aspecto conservador, industrializado, que norteia, em geral, as construções chamadas "cultas"). Daquela pauta, retira as dissonâncias, os arabescos desconhecidos, às vezes, para os ouvidos cultos, mas afinados para a audição dos falantes que os utilizam.

É o mesmo processo borgiano da procura da voz argentina, da reprodução da expressividade fonético-vocabular portenha, decalcada no coloquial, música dialeticamente comprometida entre o estranho e o familiar.

Na tentativa de uma tradução por identidade, tentou-se recuperar o gauchesco borgiano por vias indiretas, por intermédio da variante regional mineira e o resultado é o que se verá. Pode-se esperar desse artifício, tão labiríntico, um mascaramento da autenticidade do texto argentino. Não é o que ocorre. O regionalismo mineiro, expresso pela fala da jagunçada dos gerais, de quem Riobaldo é o porta-voz, torna-se o reagente químico que, agindo sobre as combinações químicas do gauchesco, mais ressalta suas cores e coloca em relevo o processo lingüístico borgiano.

De qualquer forma, se toda leitura é versão, o processo tradutório é uma forma de leitura, com alto grau de elaboração no sentido de captar do texto original suas mínimas pulsações; pode tornar-se, por outro lado, uma outra ficção, quando autor e tradutor estão unidos para trapacear, usando os naipes marcados no jogo da linguagem.

Grande Sertão: Veredas dispensa comentários de apresentação. Numerosos trabalhos têm procurado dissipar a neblina em que imerge, o que não é escopo no momento. Entretanto, haverá situações comparativas que nos obrigarão a penetrar nos seus mistérios.

Do Estudo Comparativo

Grande Sertão: Veredas e **Hombre de la Esquina Rosada** enquanto UM e OUTRO.

As comparações entre os dois autores não nasceram da intenção primeira de se trabalhar com a Literatura Comparada. A leitura atenta que a tradução obriga foi a responsável pelo associar-se de autores e obras, por isso se pretende analisar semelhanças, dentro das diferenças que brotaram a partir da transposição de uma língua para outra.

A tradução exige o cotejo e pode-se integrar como compartimento da Literatura Comparada (que parece nascer do estudo comparativo das línguas), pois traduzir é mais do que *tarefa servil* de ler, na língua materna, o texto estranho, mesmo porque

cada lengua es una visión del mundo, cada civilización es un mundo [17].

Obriga-se, assim, o tradutor a conhecer aquele mundo mais além das estruturas lingüísticas, cotejá-lo com o seu, tirar conclusões. Isto está ligado ao duplo caráter da tradução, conforme a entende Octavio Paz, para quem

(...) por una parte, la traducción suprime las diferencias entre una lengua y otra; por otra, las revela más plenamente: gracias a la traducción nos enteramos de que nuestros vecinos hablan y piensan de un modo distinto al nuestro [18].

Nossos vizinhos não só falam, mas pensam de maneira diferente, têm visão contrastante e isto se deve ao espaço de vivência, a condições extraculturais como o seu ponto geográfico. Descobrir as diferenças do modo de ser e de pensar, tentar entendê-las para não anulá-las, quando se suprem as diferenças lingüísticas, exige meditação e estudo do que será traduzido e das aderências de que a linguagem é suporte. Quando se penetra no meio estranho, adquirindo-se o domínio da estranheza, o raciocínio age por associação com as experiências pessoais, arraigadas, daquilo que é familiar; estabelecem-se relações extratextuais e intertextuais. Ao penetrar-se, exaustivamente, no texto a traduzir, o esforço é dirigido não só no sentido de transpor palavras, mas também o universo que elas reproduzem, e podem surgir semelhanças entre o universo estranho e o familiar, entre a linguagem traduzida e a de alguma outra obra lida com igual percuciência. É o que ocorre com os contos borgianos e o romance de Rosa. O

17. PAZ, O. *Traducción: Literatura y Literalidad*, p. 9.
18. PAZ, O. *Op. cit.*, p. 9.

último obriga o que Jakobson chama de *tradução intralingual*, a leitura de decodificação dos processos lingüísticos que se distinguem por desautomatizar a linguagem costumeira e questionar as atitudes usuais. Conseqüentemente, é texto marcante, no arquivo do conhecimento literário, como ponto de convergência, toda vez que se depara com atitudes análogas, em outros textos em que se experimenta a linguagem prosaica, onde a poeticidade coloca seu sinal.

Em princípio, este traço — a poeticidade na prosa — aproxima os dois autores, pelo menos quanto ao material escolhido. Em ambos os casos, nota-se que a palavra

(...) é experimentada como palavra e não como um simples substituto do objeto nomeado nem como explosão da emoção. As palavras e sua sintaxe, sua significação, sua forma externa e interna são indícios indiferentes da realidade, mas possuem o seu próprio peso e o seu próprio valor [19].

Deve-se considerar que a poeticidade não é o único traço que caracteriza o todo. Como componente de uma estrutura complexa, como é a obra literária, torna-se tão importante que, sob a sua luz, se pode examinar o resto; é traço que modifica os outros elementos e é determinante do funcionamento do conjunto, porém, há uma relação dialética que impede o descaso pelos outros elementos regidos pelo determinante. Borges, num momento lapidar diz que:

(...) saber como habla un personaje es saber quién és, descubrir una entonación, una voz, una sintaxis peculiar, es haber descubierto un destino [20].

Dir-se-ia que saber como "fala" um texto, é descobrir, além de seu destino, a sua motivação de vida.

Eliminando-se a proximidade subjetiva, dada pela experiência pessoal, poder-se-ia comparar Borges a qualquer outro escritor, que poetiza a prosa, sem que este fosse Rosa, pois sempre que se traduz poesia, isto implica obediência aos seus princípios constitutivos, já que

Em poesia, as equações verbais são elevadas à categoria de princípio constitutivo do texto(...), todos os constituintes do

---

19. JAKOBSON, R. "O que é poesia?". In: *Círculo Lingüístico de Praga: Estruturalismo e Semiologia*, p. 177.
20. BORGES, J. L. "La Poesía Gauchesca". In: *El "Martín Fierro"*, p. 12.

código verbal são confrontados, justapostos, colocados em relações de contigüidade de acordo com o princípio da similaridade e de contraste [21].

No momento em que se observam aquelas relações, traduzir é superar as barreiras para o resgate de som e sentido; é, para tanto, recriar, quando a escolha das palavras não é arbitrariedade do tradutor, mas respeito ao fato de que elas se escolhem a si mesmas. Como corolário da operação, pode surgir algo curioso: outro texto, com características próprias: reproduz, por meios diversos, o texto estrangeiro, resgata o mundo extralingüístico que a linguagem representa, produz efeitos análogos, mas é outro corpo poético. A operação do tradutor, apesar disso,

(...) es inversa a la del poeta: no se trata de construir con signos móviles un texto inamovible, sino desmontar los elementos de ese texto, poner de nuevo en circulación los signos e devolverlos al lenguaje. Hasta aquí, la actividad del traductor es parecida a la del lector y a la del crítico: cada lectura es una traducción, y cada crítica es, o comienza por ser, una interpretación [22].

No caso presente, é de Borges o primeiro texto, submetido a leituras que o revelaram em português; o esforço de reproduzir sua estrutura, seus efeitos poéticos levou à desmontagem crítica e à interpretação dos feixes estruturais; a seguir, ao modo de pensar e de ser do autor. Afloraram as semelhanças com outra escritura, nos mesmos níveis — relações intertextuais — houve a remontagem num terceiro texto: a recriação, síntese dos procedimentos rosiborgianos.

A partir das estruturas lingüísticas, acodem semelhanças no nível macroscópico — o do conjunto. Devendo-se tratar de outros elementos do sistema-obra, depara-se com o problema da comparação entre formas literárias diferentes: conto e romance. A problemática deste estudo não se confina a um único ponto convergente de analogias para verificá-lo em ambas as formas, mas pretende compará-las quanto ao contexto regional/universal em que se inserem e quanto à temática. Para tanto, resta a prática da desmontagem, agora, do conto e do romance que constituem eixos de oposição. É preciso verificar os feixes de traços distintivos responsáveis pela oponência.

21. JAKOBSON, R. "Os Aspectos Lingüísticos da Tradução". In: *Lingüística e Comunicação*. p. 72.
22. PAZ, O. *Op. cit.*, p. 16.

Da Oponibilidade das Formas Literárias

Segundo a tipologia de Eikhenbaum que aponta distinções, há rumos diferentes tomados pelas formas literárias, constituídas pelo romance e pela *novela*. Diz ele:

> O romance e a novela não são formas homogêneas, mas, pelo contrário, formas completamente estranhas uma à outra [23].

Estuda a narrativa a partir de duas maneiras de relato: *relato propriamente dito*, quando o narrador se dirige ao ouvinte, numa forma que lembra a conversa, e o *relato cênico*, quando o diálogo está em destaque e percebe-se a ação como se fosse encenada. Partindo desse princípio, aponta o desenvolvimento do romance, desde uma fase primitiva, em que o diálogo é restrito,

> (...) a ligação dos episódios, justapostos pela fábula, é feita através de um herói sempre presente (...). Aqui, o princípio da narração oral ainda não foi destruído e a ligação com o conto e a anedota não foi definitivamente rompida [24].

A prosa literária, em geral, baseia-se nos princípios da linguagem escrita e dirige-se ao leitor, ao passo que, quando os diálogos são

> (...) construídos dentro dos princípios da conversação oral, eles assumem uma coloração sintática e léxica correspondente, introduzem na prosa elementos falados e narrações orais: em geral, o narrador não se limita ao relato, recorre também às palavras [25].

O autor chama a atenção para a importância deste tipo de diálogo que destrói as formas fixas da linguagem literária e se baseia nas expressões coloquiais.

É para a forma primitiva de narração que se volta *Grande Sertão: Veredas*; enfatiza a presença do herói, que relata sua história *falada;* apresenta discreta presença do diálogo, no que inova, transformando todo o romance numa imensa conversa com um interlocutor que não responde; a característica cênica não é dada pelos elemen-

---

23. O teórico russo usa a palavra *novela* para designar narrativas curtas (*short stories*), com características daquilo que chamamos de *conto*. Quando usa este nome, refere-se à história popular, considerada forma simples. "Sobre a Teoria da Prosa." In: *Teoria da Literatura — Formalistas Russos*, p. 161.
24. EIKHENBAUM, B. *Op. cit.*, p. 159.
25. *Idem*, p. 158.

tos estruturais romanescos, mas por recursos poéticos; as ações contadas apresentam-se como relato oral, aproximando-se mais do modo épico do que do dramático. A construção de *Grande Sertão: Veredas,* por um lado, volta-se para o passado, valendo-se de uma forma *esquecida* e transformada — a narração oral — centrada no conto popular; por outro, volta-se para as técnicas experimentais de vanguarda.

Quanto à forma do discurso, os contos de Borges apresentam pontos de semelhança com aquele de Guimarães Rosa: "Hombre de la Esquina Rosada" (conto-quadro) é um relato em que a personagem-narrador, à semelhança de Riobaldo, dirige-se a Borges (um ouvinte que não responde); ocorre o mesmo com o conto-moldura "Historia de Rosendo Juárez", relato de um caso "falado" pela personagem que nomeia o conto. Em "Hombre de la Esquina Rosada", Borges ilude o leitor, que só percebe o jogo, quando a história se conclui. Aliás, vale para o conto o que Roberto Schwarz analisa no ensaio "Grande Sertão: A Fala":

> Sem ser rigorosamente um monólogo, não chega a diálogo. Tem muito de épico, guarda aspectos da situação dramática, seu lirismo salta aos olhos (...) O discurso que nasce irá correr ininterrupto e exclusivo até o fim do livro (do conto): sua fonte é uma personagem. Não tivéssemos mais dados, poderíamos supor um longo monólogo fictício, destinado a mostrar pelo ângulo psicológico a vida aventurosa do jagunço, tema da obra [26].

Aqui se poderia dizer: um momento aventuroso da vida do *orillero,* tema do conto. *Grande Sertão: Veredas* inicia-se com um travessão que indica a "fala"; o conto de Borges inicia-se pela fala da personagem que aponta um interlocutor:

> A mí, tan luego, hablarme del finado Francisco Real.

Só saberemos, porém, quem é o interlocutor no final:

> Entonces, Borges, volví a sacar el cuchillo corto (...) [27].

Este tipo de construção é chamado por Haroldo de Campos de monólogo-diálogo, referindo-se a "Meu Tio, o

---

26. *A Sereia e o Desconfiado,* pp. 37-38.
27. *História Universal de la Infamia.* In: *Obras Completas.* p. 329-334.

Iauaretê", publicado em *Estas Estórias,* onde Guimarães Rosa consegue a perfeita isomorfia entre o ato de narrar e a linguagem, o discurso e a efabulação no mesmo *tour de force* para a androzoomorfose que atinge o matador de onças. Tal como nos relatos de Borges, há o que é

(...) um longo monólogo-diálogo (o diálogo é pressuposto, pois um só protagonista interroga e responde) [28].

No conto "Hombre de la Esquina Rosada", somente no final aparece o nome de Borges, o que causa surpresa. Observe-se que a técnica desenvolvida por Borges já ocorre no seu considerado primeiro conto.

Passa-se a examinar *Grande Sertão: Veredas* do ponto de vista épico. Vários trabalhos já foram elaborados, ressaltando esse aspecto naquele romance; no que se refere ao herói-narrador, enquadra-se no que diz Lukács, defensor da idéia do romance como forma *degradada* da epopéia. Segundo ele,

(...) o herói da epopéia não é nunca um indivíduo. Desde sempre, considerando-se como uma característica essencial da epopéia o fato de o seu objeto não ser um destino pessoal, mas o de uma comunidade [29].

Embora Riobaldo pareça o herói, em torno de cuja ação se aglomeram os episódios, na verdade, o objeto da narrativa épica vem da comunidade, de suas crenças mais arraigadas e para ela retorna. Em Riobaldo, como em Ulisses, fala mais alto o povo, na sua globalidade; estão representados neles os valores que não são individuais, mas pertencem à visão de mundo dos indivíduos em conjunto. O bando de jagunços, comandados por chefes substituíveis, procura impor a ordem nos sertões das gerais, e, por meio de Riobaldo, é mostrada a totalidade de um mundo primitivo. Na própria epopéia clássica, porém, não se pode falar de gênero "puro", pois ali mesmo há mescla do lírico e do trágico, o que também ocorre na epopéia sertaneja de Rosa. Mas é inegável que o traço épico é bem marcante.

A epopéia, em particular, não é senão o puro mundo infantil em que a violação das normas indiscutidas arrasta necessariamente

---

28. CAMPOS, H. de. "A Linguagem do Iauaretê". In: *Metalinguagem,* p. 48.
29. *Teoria do Romance,* p. 73.

uma vingança, a qual exige ser vingada por sua vez e, assim, sucessivamente até o infinito [30].

Na epopéia rosiana, em primeiro lugar, são violadas as normas do convívio nos sertões. Por ali se espraia a violência, a maldade, praticadas por bandoleiros, para os quais não há castigo "legal". É o mundo da justiça pelas próprias mãos. É preciso pôr cobro às desordens, vingar as vítimas e surgem os bandos de jagunços, guiados pelo chefe-herói para concretizar a vingança, o restabelecimento do equilíbrio, quebrado pela *desmedida*. Um chefe — Joca Ramiro — é morto à traição. Novamente há o rompimento da *medida* e a conseqüente necessidade de vingança.

Este mundo "infantil", melhor seria dizer primitivo, desenvolve-se no romance como pétalas rosacianas de uma corola central (como em toda epopéia em que há uma célula-mater, guardando a ação príncipe). Decompondo-se, portanto, a estrutura, para chegar ao componente mais simples, na corola, aninha-se o conto popular; as outras células tocam-na pelo vértice, sempre se ligando a ela, mas podendo ser desagregadas, como faziam os rapsodos, que escolhiam os cantos ou episódios para narrá-los, na fase oral das antigas epopéias. Partindo-se da própria epígrafe: *"O diabo na rua, no meio do redemoinho..."*, baseada na crença sertaneja, desenvolve-se a ação central. Daí partem as considerações filosóficas que preocupam Riobaldo; parte a força oponente de Hermógenes, suposto pactário, logo, invencível e provocador de empresas malogradas; parte a situação reversa: a empresa vitoriosa, comandada por Riobaldo, agora imbuído da temperatura diabólica ideal. O tema relevante, de caráter fáustico--hamletiano — o homem preso ao pêndulo dos contrários (vida/morte; existência/inexistência do demônio; a "outra" vida) estabelece-se a partir da crença primitiva, infantil, de que o demônio existe, aparece nas encruzilhadas, está nos redemoinhos que o vento forma e pode ser invocado... Este aspecto já foi bastante comentado em vários estudos, ressaltando-se o ensaio de Roberto Schwarz *"Grande Sertão e Dr. Faustus"*, onde há o paralelo entre a obra rosiana e a de Thomas Mann e o trabalho de Antonio Candido, "O Homem dos Avessos". Não é, portanto, aqui, que se faz necessária uma tomada de posição, mas

---

30. LUKÁCS, G. *Teoria do Romance*, p. 67.

na presença do conto popular, encravado na estrutura romanesca, remanescente da epopéia.

A literatura latino-americana, no afã de renovar, tem seguido dois rumos: o questionamento da tradição literária e conseqüente repúdio às formas tradicionais cristalizadas e, por outro lado, uma retomada da tradição remota, medieval, e também da tradição picaresca (barroca). Age, assim, justamente com a intenção de reviver. Mas não tem ficado numa bilateralidade. Impõem-se múltiplas escolhas que levam ao hibridismo e o que se vê são obras que, de um ângulo, resgatam as formas esquecidas e, de outro, usam-nas para compor um mosaico cuja argamassa se faz do poético, num profundo compromisso com uma linguagem que repele a retórica tradicional e os métodos abalizadores da norma costumeira.

A exumação dos substratos míticos faz-se tanto ao nível temático, como é responsável pelo re-vigoramento da própria linguagem que procura nova força na barbárie lingüística, existente em épocas pré-colombianas e cabralinas. No Brasil, estes avatares da linguagem não são tão recentes e podem ser detectados desde o Romantismo, sendo a obra de Alencar um bom exemplo. Em dois ensaios, "Tópicos (Fragmentários) para uma Historiografia do Como" e "Iracema: uma Arqueografia de Vanguarda", Haroldo de Campos estuda a barbarização do português, o que traz influxo vivificante à língua européia. Alencar mostra-se *inventor da linguagem* à medida que cede ao impulso da língua selvagem, como o tupi, inserindo-a como cunha na linguagem civilizada, obtendo, assim, áreas de arejamento e novidade poética. Tal procedimento será radicalizado por Guimarães Rosa que toma daquele substrato bárbaro a prosódia e o processo lexicogênico, além da centralização na mitologia cabocla.

De acordo com os estudos citados, Alencar

ao tratar do argumento histórico de Iracema — a que chama "lenda" e não "romance histórico", quando sistematiza o conjunto de sua obra — aponta a "tradição oral" como fonte importante da história, e, às vezes, a mais pura e verdadeira.

C. Proença assinala:

A obra de Alencar tem raízes embebidas no folclore; daí a estrutura dos contos populares se projeta fortemente em sua efabulação. Alguns de seus personagens podem receber como nas histórias do Trancoso, vagas denominações — "um moço pobre", "um rei", "o índio", "a bruxa". (Daí o equívoco dos que buscam uma indagação psicológica em Iracema: seria como que perguntar pelo aprofundamento psicológico da Helena homérica ou da heroína de "um conto maravilhoso"...).[31]

No primeiro esboço do conto "Hombre de la Esquina Rosada" ("Hombres Pelearon"), nota-se a mesma tendência vista na obra de Alencar: as personagens são designadas vagamente; em geral, o epíteto deve-se ao lugar de sua origem, como se isso bastasse para fazê-las conhecidas, porque o local, tornado mítico por certas características próprias, faz parte do patrimônio lendário das gerações atuais, como é o caso da tradição do tango, dos *compadritos,* de um ambiente tornado folclórico.

A regressão ao passado, das raízes lendárias às camadas subjacentes da língua, é o movimento dialético e épico. À proporção que se trazem ao presente os fatos passados para enriquecer o hoje com seu exotismo e, às vezes, com o seu misticismo, leva-se o leitor a épocas que este não domina senão como produto cultural e, por isso mesmo, têm o poder de atraí-lo. Tanto Borges quanto Guimarães Rosa remetem o leitor para o passado; este, revivendo a aura dos cavalheiros medievais transmudados em jagunços; aquele, reencarnando o esqueleto de uma Buenos Aires, tornada mítica, porque já não existe. Borges afirma que prefere situar as suas histórias numa época esquecida pelos leitores a dar-lhes um cenário e um tempo passíveis de questionamentos. Assim, parece que quanto mais distantes são os acontecimentos, mais fictícias são as narrativas e, por isso, mais real é a ficção, consolidando-se o seu verdadeiro caráter.

Num apanhado geral, pode-se tomar da estrutura do romance, bastante ampla, seu elemento básico e fundamental: uma forma simples que foi trabalhada literariamente, dentro de padrões sofisticados da técnica nova, mas que, não obstante isso, guarda, na raiz, seu aspecto próprio e definido.

As formas chamadas *simples,* como o conto popular, a saga, a anedota etc., coexistem com outras consideradas artísticas, e foram sufocadas por narrativas cada vez mais elaboradas e complexas. Monegal, no seu ensaio "Tradi-

---

31. CAMPOS, H. DE. "Artigos Citados", *Jornal da Tarde,* 2 jan. 82, p. 3.

ção e Renovação", comentando o fato, afirma que o conto popular está no centro de todas as narrativas e, referindo-se a dois romances latino-americanos: *Grande Sertão: Veredas* e *Cien Años de Soledad,* de Gabriel García Marquez, diz:

> (...) ambos têm seu entroncamento numa tradição do conto popular e buscam por diferentes caminhos, é claro, não só renová-la mas também resgatá-la. Por isso, tanto Garcia Marquez como Guimarães Rosa tomam como ponto de partida uma situação básica do conto popular. Num caso, é o pacto com o demônio, em outro é a maldição que cai sobre os membros de uma estirpe: terão um filho com rabo de porco se se casam entre parentes próximos [32].

É o momento de se discutir o que se entende por conto popular. De acordo com o histórico desta forma, vão-se encontrar duas direções: uma narrativa que recebe o nome de *conto,* sendo uma forma artística, e, outra, chamada *forma simples*. André Jolles estabelece a diferença entre ambas, partindo de vários aspectos, entre eles, a linguagem. Na forma artística, a linguagem apresenta-se como ordem fechada, com características do código verbal escrito; constrói-se a partir de signos que se integram nas normas mais ou menos fixas da expressão literária — pressupõe um autor. Na forma simples, a linguagem apresenta-se aberta, há a fluidez natural da linguagem familiar, tanto que

> Costuma-se dizer que qualquer um pode contar um conto, uma saga ou uma legenda com suas próprias palavras [33].

Além disso, marca a forma simples *uma disposição mental* em que os acontecimentos devem satisfazer ao desejo de que a realidade não seja tal qual é, mas como se espera que fosse; deve ocorrer um desfecho em que se restabeleça o equilíbrio entre o bem e o mal, dentro de uma ética afetiva. Jolles analisa a forma simples — conto — privilegiando a literatura alemã e estabelece a partir dos contos de Grimm o seu critério. Segundo o que diz, personagens como o gato do conto *O Gato de Botas,* a Bela Adormecida, o Pequeno Polegar satisfazem nossa necessidade de ver o mundo ordenado da maneira como

---

32. MONEGAL, E. R. *América Latina em sua Literatura,* pp. 140-141.
33. JOLLES, A. *Formas Simples,* p. 196.

gostaríamos que fosse. De acordo com a *moral ingênua* toda injustiça deve ser reparada. Existe algo que perturbou nosso sentimento de justiça e para que tudo volte ao equilíbrio ocorre uma série de incidentes que satisfazem a expectativa de reparação. Veja-se a Cinderela que é maltratada pela madrasta e depois é recompensada por meio de peripécias miraculosas.

Em *Grande Sertão: Veredas* existe a *disposição mental* apontada por Jolles. Há o desfecho equilibrador com a morte de Diadorim. A visão aristotélica da epopéia já considerava ali a presença de traços da tragédia, e a necessidade catártica do sofrimento de um protagonista, no segundo gênero, pode representar o desejo *infantil* de que o mundo se ordene dentro do bom e do que se entende dentro deste padrão.[34] No estudo "À Busca da Poesia", Pedro Xisto mostra a maneira poética com que Guimarães Rosa replasma o mundo épico antigo, quando

> Retornam à luta os heróis primitivos. E lutam antes de tudo e ao final de tudo, com o maravilhoso. Estaria preenchido o largo quadro teórico do mestre Fidelino de Figueiredo: "a poesia épica é uma febre de juventude dos povos, um delírio de criação alógica dos tempos primitivos ou heróicos dos povos" (...) ""e essas fermentações do espírito heróico", (...) "a dentro da linguagem clássica ou fora dela, tem caracteres comuns: apologia da violência inescrupulosa e cruel, realismo fiel ao lado do mais descabelado maravilhoso, intrusão do mundo sobrenatural dos deuses criados por instintos primitivos de medo e angústia" (...)
> De heróis assim violentos e primitivos já contam, por si mesmos, os incontáveis jagunços e Guimarães Rosa [35].

No embrião trágico, representado por Diadorim, a quebra do equilíbrio está no fato dele/dela constituir-se num ser de exceção; à aparência divina, atributo que Riobaldo lhe confere, se une o espírito diabólico, semeador da vingança. O demoníaco está na essência feminina cujo ape-

---

34. A presença do sobrenatural é que faz as histórias perdurarem, na memória do povo, e, depois, serem recriadas pela arte. Borges afirma que "No hay libro perdurable que no incluya lo sobrenatural" ("La Poesía Gauchesca". In: *Martín Fierro*, p. 45). E a literatura latino-americana tem andado na direção a que Borges aponta, ao afirmar que: "Hay dos maneras de usar una tradición literária — una es repetirla servilmente; otra — la más importante — es refutarla y renovarla" ("La Poesía Gauchesca". In: Conferência en la Sociedad Científica Argentina, 17 maio 1960).

35. XISTO, P. *Guimarães Rosa* (Col. Fortuna Crítica), p. 131.

lo é negado pela andromorfia, gerando o constante estado de confusão e culpa em Riobaldo. A dúvida de ambos resume-se: será possível acabar bem o que começou mal? — levantada por Diadorim. Dentro da ética propulsora das formas simples, a resposta é uma negativa, e os culpados do mal devem ser castigados: Joca Ramiro que transvestira a filha e esta que o consentiu.

O destino de Diadorim está engastado no seu próprio nome, do ponto de vista da ética que se destila das células genéticas, porque Guimarães Rosa trabalha o contexto a partir do pleno equilíbrio entre significante e significado. Augusto de Campos, na análise que faz do nome — Diadorim, aponta aí dois planos de significado: deus e o demônio:

> O que existe de *ser* e amor em Diadorim é representado pela vertente a) Dia + adora. O que há de *não-ser*, pela vertente b) Diá (diabo) + dor [36].

Esta natureza ambígua é chamada por Augusto de Campos de *demidivina,* o que caracteriza a *hybris* trágica, aqui representada, não pelo cruzamento do humano e do divino, mas de duas divindades antagônicas. Assim, no centro da tragédia está o mito, centro também do conto popular; chega-se à conclusão de que as formas simples são matrizes; a célula-máter cindiu-se, parte permanecendo com a simplicidade original e parte sofrendo variadas mutações.

O romance (e aqui se tem em mira sempre *Grande Sertão: Veredas*) pode ser, estruturalmente, reduzido ao conto popular — a história que "qualquer um pode contar com suas próprias palavras". A epopéia torna-se *artística,* assim também o conto (forma simples), no instante em que se cristaliza numa escritura de caráter literário. Logo, romance e conto, aqui cotejados, são bifurcações de um tronco comum do qual conservam, não obstante outras diferenças, o traço fundamental, visto por Eikhenbaum — o tipo de discurso. Mesmo que se parta do ponto de vista sociológico — o romance como forma degradada da epopéia, refletindo valores sociais — ou do tipo de discurso para a visão de mundo, o resultado não se altera.

Uma vez que se atinge o elemento irredutível e comum ao conto e ao romance, é possível um confronto mais pro-

---

36. CAMPOS, A. DE. "Um Lance de 'Dês' do Grande Sertão". In: *Guimarães Rosa,* p. 339.

fundo entre Borges e Guimarães Rosa, tomando-se como ponto de enfoque o tipo de palavra ou modo como cada um narra sua história, que, sob o aspecto estrutural, é semelhante.

Nelly Novaes Coelho, no seu estudo "Guimarães Rosa: Um Novo Demiurgo", enfoca a narrativa rosiana a partir das categorias do discurso, propostas por Todorov. Aproveitando a picada aberta, examina-se a narrativa borgiana, à procura de semelhanças.

A *palavra-ação*, a *palavra-narrativa* e a *palavra-fingida* mesclam-se e não aparecem em estado puro no discurso, visto que denotam uma tomada de posição do autor diante das funções da linguagem. A palavra-ação ligar-se-ia à função referencial, centrando-se, portanto, no referente, e intenta informar acerca de uma realidade. A palavra-narrativa centra-se na função poética, carrega-se de opacidade, voltando-se a palavra para si mesma, equipara-se ao "Canto das Sereias", com um duplo caráter:

(...) é a poesia que deve desaparecer para que haja vida e aquela realidade que deve morrer para que haja literatura [37].

A terceira categoria, a palavra-fingida, decorre do fato de que, por mais imitativa da realidade que a obra seja, ela postula uma convenção. O traço marcante daquela categoria aparece, exatamente, quando a narrativa chama a atenção para a realidade.

Em Guimarães Rosa, como aponta Nelly Novaes Coelho, as palavras mesclam-se, com momentos de predomínio de uma delas. O mesmo processo encontra-se em Borges.

Em "Hombre de la Esquina Rosada", a palavra-ação está representada no discurso da personagem narrador que conta a história *que parece conto* ao autor do relato, Borges, por meio de quem sabemos dos acontecimentos. A palavra-narrtiva manifesta-se, quando a personagem-narrador escamoteia o seu crime (assassinato de Francisco Real), por meio da linguagem lúdica, poética, que, supostamente, tentando traduzir a noite, traduz a própria realidade ocorrendo, com predomínio da função estética. A palavra-fingida aparece, quando o narrador quer-nos convencer de que vai narrar a *verdade* acerca de Rosendo Juárez, mas como prova da fidelidade tem-se, apenas, o

---

37. TODOROV, T. "A Narrativa Primordial". In: *Análise Estrutural da Narrativa. Op. cit.* p. 111.

ponto de vista dele, narrador, que encara Rosendo pelo ângulo da covardia.

Em "Historia de Rosendo Juárez", tem-se o reverso. Rosendo Juárez conta sua história, dando nova versão dos fatos ao escritor, invocando, novamente, a veracidade:

> Usted, señor, ha puesto el sucedido en una novela, que yo no estoy capacitado para apreciar, pero quiero que sepa la verdad sobre esos infundidos [38].

Manifesta-se, portanto, a palavra-fingida, em ambos os casos, uma vez que Rosendo agora irá convencer-nos de que Francisco Real é um valentão, cheio de empáfia, que lhe causa asco e não medo, razão pela qual se recusou à luta com ele naquela noite.

No romance de Rosa, há o que Nelly chama de narrativa-base — a corola da rosácea [39]. Ali se encaixam outras e outras histórias (a desmontagem da epopéia já o demonstrou). Ocorre o mesmo com Borges, apenas não temos um único romance, mas narrativas curtas, que se sucedem, interpolando-se a partir da própria visão borgiana de que há somente um livro. Este ponto merece desdobramentos que ocorrerão posteriormente.

Grande Sertão: Veredas é o relato de um homem que, da sua cadeira de balanço, volta-se para acontecimentos rememoráveis, ocorridos durante a vida de jagunço. Faz o papel de Sherazade, assim como Borges, que, homeopaticamente, evoca o mundo gauchesco por meio de suas histórias.

No romance de Guimarães Rosa, há um contador de histórias — Riobaldo — que mantém o interlocutor preso à sua fala. Em Borges, há ele mesmo, que as ouviu de outros e as repete, reproduzindo as palavras que ouviu, como em "Historia de Rosendo Juárez", ou narra, como Riobaldo, reproduzindo os fatos conhecidos e comentando-os, como em "La Intrusa":

> Dicen (lo cual es improbable) que la historia fue referida por Eduardo, el menor de los Nielsen, en el velorio de Cristián, el mayor (...). Lo cierto es que alguien la oyó de alguien, en el curso de esa noche perdida, entre mate y mate, y la repetió a Santiago Dabove, por quien la supe. Años después, volvieron a contármela en Turdera, donde había acontecido [40].

---

38. BORGES, J. L. *El Informe de Brodie*, p. 40.
39. COELHO, N. N. "Guimarães Rosa: Um Novo Demiurgo". In: *Guimarães Rosa (Dois Estudos)*, p. 47.
40. BORGES, J. L. *El Informe de Brodie*, p. 17.

Em "El Sur", Juan Dahlmann é a personagem obcecada pelo exemplar das *Mil e Uma Noites*. Este conto é autobiográfico quanto ao acidente que vitima a personagem, o mesmo sofrido por Borges. Também o é, ao que parece, quanto à preferência literária, porque Borges se reporta, sempre, aos contos árabes. Talvez, por isso, sua obra converta-se naquilo que Todorov chama *máquina de narrativa*, ao falar dos tradutores das *Mil e Uma Noites*:

(...) cada tradutor acrescentou e suprimiu histórias (o que é também uma maneira de criar novas narrativas, sendo a narrativa sempre uma seleção); o processo de enunciação reiterado, a tradução representa ela mesma um novo conto que não espera mais seu narrador: Borges contou uma parte deles em "Os Tradutores" das *Mil e Uma Noites*[41].

Atando as pontas que iniciaram estas considerações, foi possível reduzir-se romance e conto comparados àquilo que constitui seu início primordial. Relativou-se o pólo de oposição e, ao examinar-se os traços distintivos de uma e outra forma, estabeleceu-se a proximidade nuclear de ambas. Resta verificar as semelhanças quanto ao contexto regional/universal.

Síntese Contextual: Regionalismo & Universalismo

Trabalhando-se na linha das semelhanças entre Guimarães Rosa e Borges, ressaltam-se homologias quanto ao universalismo, engastado num contexto regional. Em Borges, o traço universalizante, bastante denso, marginaliza a produção regionalista. O universal é a tônica de obra *cerebrina*, onde se salienta, sobremodo, o questionamento das idéias. *El Aleph* demonstra-o, como ponto convergente de todo o universo; o labirinto de T'sui Pen metaforiza-o, no cruzamento de todas as linhas que regem os destinos. São exemplos a que se podem acrescentar *El Imortal* e muitos outros contos, reveladores da atração que o inefável mecanismo humano e o aspecto transcendental exercem sobre o autor.

Dentre as características do perene humano, Borges procura voltar-se para situações que envilecem, degradam o ser, o que está presente no fragmento da obra, ora em

---

41. TODOROV, T. "Os Homens-Narrativas." In: *Análise Estrutural da Narrativa*, p. 132.

destaque. Em Guimarães Rosa, do contexto universalizante emergem valores positivos, ao lado dos negativos. Como aponta Antonio Candido, há a defesa da ética, uma espécie de retrocesso aos padrões medievais da Cavalaria. Parece que se estabelecem pólos contrários a partir daí: um autor legitima a ética, e o outro a solapa. O antagonismo, porém, não ocorre, como se tentará mostrar.

Haver diferenças é óbvio, quando não se trabalha com elementos idênticos. A descoberta de semelhanças a partir das diferenças constitui-se uma das tarefas do comparatista (cuja atividade não se restringe a isso, *lato sensu*); ainda quando trabalhe em sentido restrito, caber-lhe-á definir bem o campo onde batalha, estabelecer não só as regras do jogo, mas também especificar as armas do duelo com os textos.

Partir-se-á, por isso, do que se entende por ética. Como ciência normativa, tem por função emitir juízos de valor, baseados nos pólos do bem e do mal; distingue-se da moral, que prescreve normas de procedimento para chegar-se ao fim que seria o Bem como valor absoluto. Difere da Etologia, cujo objeto de estudo é o procedimento do homem, seus hábitos e costumes, independentemente do juízo crítico ou da prescrição de normas. Desta forma, julga-se conveniente inserir os autores num breve panorama etológico.

Borges relata as reações humanas num instante-limite existencial. Quando mostra o lado perverso da natureza humana, não há o intento de reprová-lo. O que afirma é a certeza de que valores positivos para a vida são negativos para a arte, mesmo porque não se deve confundir a virtude estética da obra com a virtude moral dos protagonistas e querer que aquela dependa desta: eis o cerne da questão. Ele o desenvolve no ensaio "La Poesía Gauchesca"[42] que, tratando do tema, representa o ciclo da ressaca borgiana: o constante ir e vir de suas marés. No ensaio, ficará clara a recusa de perfilhar a idéia da narrativa como *imitação* ou *síntese* da vida real. Irá refrisá-lo, quando rechaça as críticas a Estanislao del Campo, que não agira de forma verossímil, ao dar à personagem do *Fausto* um cavalo que não lhe competia, de acordo com o protótipo do gaúcho. Este, conhecedor dos eqüinos, jamais cavalgaria um animal utilizado em serviços gerais, como é o caso do *overo rosado*. Eis o que diz Borges:

---

42. BORGES, J. L. *El Martín Fierro*, p. 73.

Yo me declaro indigno de terciar en esas controversias rurales; soy más ignorante que el reprobado Estanislao del Campo. Apenas si me atrevo a confesar que aunque los gauchos de más firme ortodoxia menosprecian el pelo rosado, el verso/ "En un overo rosao" / sigue — misteriosamente — agradándome. También se ha censurado que un rústico pueda compreender y narrar el argumento de una ópera. Quienes así lo hacen, olvidan que todo arte es convencional; también lo es la payada biográfica de Martín Fierro [43].

Guimarães Rosa coloca suas personagens numa esfera amoralizante; a gente do sertão pratica violências que podem repugnar as consciências éticas e as sensibilidades moralistas, se tomadas como cópias da vida. Dentro da estética rosiana, os seres vivem num estado de inocência que comemora épocas edênicas. A própria linguagem é reflexo desse retorno às origens.

Por isso, dá-se tratamento etológico à ficção, não se tendo em vista julgar. Descrever sumariamente o espaço regional, onde os textos nos inserem, destacar o comportamento do homem que o habita e captar a presença do permanente sob o traçado do acidente, é o que cumpre fazer, pois é impossível disjungir esses aspectos da linguagem, finalidade última. Como um signo traduz outro signo, o homem é o signo que traduz o meio, e este, por sua vez, traduz a tradição.

O gaúcho típico está para a literatura gauchesca assim como o jagunço está para o regionalismo mineiro. Embora válido, em linhas gerais, propor os fatos dessa maneira, ao se tratar dos autores referidos, torna-se simplista. O gaúcho de Borges e o jagunço de Rosa assemelham-se na mata virgem da literatura regional. São partes à parte, necessitando, por isso, de certo traçado morfológico para o entendimento da sua sintaxe no enunciado das obras.

A literatura gauchesca, *grosso modo,* trata do *gaucho* caracterizado como o habitante dos pampas e das coxilhas, filho de conquistadores, às vezes, mestiço de índio ou de negro. O ser *gaucho* compreendia o viver duramente às voltas com os índios, com os rigores da natureza; era alistar-se nas hostes que lutavam pela independência e morrer nas batalhas; era explorar matas virgens ou ir à caça do ouro; e, no tempo da paz, bebericar o mate amargo, ao redor do fogo, contando as histórias de coragem, a bravura nas lutas, onde o aço era senhor contra homens ou feras.

43. *Discusión*, p. 21.

Se a literatura trata dele, não é, porém, feita por ele, mas por homens cultos que procuram apreender sua constituição físico-anímica, mostrando-o com seus hábitos, sua liberdade, seu poncho e seu pingo, a montaria, a quem estima mais que a um amigo. Num sentido amplo, esse tipo (de acordo com a tipologia de Lukács) reúne qualidades de heróis míticos que os tornam suficientemente grandes para merecer a vastidão pampeana, açoitada pelo minuano. Ao lado do gaúcho mitológico, surge a sua paródia: o *matrero*, gaúcho "fugitivo de la autoridad", adjetivo que dá origem ao verbo *matrerear*: andar fugindo das autoridades.

Esse é o vilão, desertor ou fugitivo do recrutamento, que criou raízes na imaginação dos escritores como fonte de motivos.

Das aventuras ou desventuras do *matrero* surgem as figuras quase lendárias de um Formiga Negra ou de Juán Moreira que, até os trinta anos, era homem, considerado de bem. Era trabalhador, vivia no cuidado de seu gado, domando potros indóceis. Considerado excelente cantor, Eduardo Gutierrez não lhe poupa encômios às qualidades. Depois, seu destino iguala-se ao de Martin Fierro que, após ser imortalizado por Hernández, sobrepuja-lhe a fama. Moreira torna-se um foragido da lei, e, nessa condição, acaba mistificado, passando a tema das mais variadas histórias; em 1908, Evaristo Carriego dedica-lhe um poema — El Guapo — epíteto com que se tornara conhecido.

Não convém, todavia, confundir o *gaucho* com o *matrero* e este com o *compadre*:

gaucho absorvido por la ciudad, que mantuvo, en la vestimenta y en el comportamiento, su actitud independiente. ("El compadre es por eses entonces un gaucho acostumbrado al tránsito urbano, casi un poblador de los arrabaldes porteños. Soler Cañas, Negros...50) [44].

A região habitada pelos *arrabaleros, orilleros, compadres* são tentáculos de uma Buenos Aires que assalta a planície pampeana, usurpando-lhe espaço. Todavia, *arrabal* ou *orilla* não é somente o cinturão suburbano da metrópole, como também *arrabalero, orillero* não são simples adjetivos pátrios. Estes nomes resumem a condição humana do portenho.

44. GOBELLO, J. *Op. cit.*, p. 50.

A literatura gauchesca é um fenômeno que não se manifesta apenas sob o estímulo do gaúcho tipo. Segundo Borges,

> Derivar la literatura gauchesca de sua materia, el gaucho, es una confusión que desfigura la notoria verdad. No menos necesario para la formación de ese género que la pampa y las cuchillas fue el carácter urbano de Buenos Aires y de Montevideo [45].

Não será, portanto, o tipo mítico que povoará a obra de Borges, mas o *orillero* tão bem caracterizado por Francisco Real, o remanescente urbano do que foi o vaqueiro ou camponês. Por outro lado, ser *orillero* é condição assumida cósmica e existencialmente, malgrado o seu matriz regional. Valem para a perfeita compreensão disso os termos usados, na delimitação que Borges faz:

> (...) nuestra palabra *arrabal* es de carácter más económico que geográfico. Arrabal es todo conventillo del Centro. Arrabal es la esquina última de Uriburu, con el paredón final de la Recoleta y los compadritos amargos en un portón y ese desvalido almacén y la blanqueada hilera de casas bajas, en calmosa esperanza, ignoro si de la revolución social o de un organito. Arrabal son esos huecos barrios vacíos en que suele desordenarse Buenos Aires por el oeste y donde la bandera colorada de los remates — la de nuestra epopeya civil del horno de ladrillos y de las mensualidades y de las coimas — va descubriendo América. Arrabal es el rencor obrero en Parque Patricios y el razonamiento de ese rencor en diarios impúdicos. Arrabal es el bien plantado corralón, duro para morir, que persiste por Entre Ríos o por Las Heras y la casita que no se anima a la calle y que detrás de un portón de madera oscura nos resplandece, orillada de un corredor y un patio con las plantas. Arrabal es el arrinconado bajo de Nuñez con las habitaciones de zinc, y con los puentecitos de tabla sobre el agua deleznada de los zanjones y con el carro de las varas al aire en el callejón [46].

Desse *arrabal*, tecido endógeno, e no *arrabal*, síntese de contrastes, emana e permanece a alma, responsável pela dinâmica dos corpos que povoam o universo gauchesco de Borges. Fruto de contradições, resquício de épocas violentas, não se estranhará que o gaúcho citadino mantenha o caráter belicoso, o gosto pela disputa e se organize sob a bandeira de chefes que se distinguiram pela coragem, pelo machismo, pelo desprezo votado à própria vida, lançada, num duelo, como as cartas na mesa do

---

45. *Discusión*, p. 12.
46. *El Idioma de los Argentinos*, pp. 165-66.

truco. Surge, aí, o bairrismo, a rivalidade entre as *barras de malevos,* de onde nasceram os conflitos relatados nos textos borgianos. A *barra* é uma espécie de agremiação com várias finalidades:

> La acepción surgió en enero de 1908 cuando el presidente José Figueroa Alcorta declaró clausuradas las sesiones extraordinarias del Congreso y los habituales miembros de la barra dieron en agruparse en las esquinas para comentar los episodios políticos: entonces cualquier grupo esquinado fue llamado por chunga, barra [47].

Esses grupos, freqüentadores das esquinas, amigos do álcool, das milongas, dos tangos e do truco são vistos, dentro da sociedade, como marginais. Todavia, obedecem a um código de honra, onde o duelo é legal, a coragem do vencedor, passaporte para a fama e consideração entre seus pares, se agiu com lealdade. Assassinar é injurioso, é crime a pedir vingança. Matar não é crime. Permanecem certas normas do mundo primitivo dos colonizadores, quando o uso das armas era remunerado para garantir a propriedade privada, em geral, à mercê dos ladrões de gado e bandoleiros. Hábito da capangagem, nas épocas eleitorais, bem mostrado na "Historia de Rosendo Juárez".

Os dados contextuais levam à bateria energética que aciona a imaginação borgiana.

Voltemo-nos um pouco para a região subequatorial. Geneticamente, aparecem traços bastante semelhantes àqueles vistos no sul, o que não é herança da América Latina, mas, sintomas do novo mundo colonizado, descobertos igualmente nos territórios norte-americanos, em sua infância rural, pré-urbana. O homem que defenderá a posse da terra lutará além das adversidades do meio ambiente, também contra as produzidas pelo seu semelhante. Urge que se faça destemido e violento para enfrentá-las e proteger-se. A força é a lei, e a lei de Talião faz parte do código, quando se trata da defesa da propriedade, quase feudal, que pode crescer em extensão, devorando aquela cujos donos não detêm força bélica suficiente. Os proprietários cercam-se de defensores e, no nordeste brasileiro, verdadeiras instituições defensórias surgem, como o cangaço. Aprofundar-se num estudo sociológico do cangaceiro e do jagunço não é necessário; conceituar o termo é, porque jagunço possui várias acepções. No ensaio,

---

47. GOBELLO, J. *Op. cit.,* pp. 27-28.

"Jagunços Mineiros de Cláudio a Guimarães Rosa", Antonio Candido resume a trajetória desse tipo no regionalismo mineiro, do Romantismo à atualidade, e dessa viagem documentária conclui que

(...) o nome de jagunço pode ser dado tanto ao valentão assalariado e ao camarada em armas, quanto ao próprio mandante que os utiliza para fins de agressão consciente, ou para impor a ordem privada que faz as vezes de ordem pública. De qualquer forma, não se consideram jagunços os ladrões de gado, os contrabandistas, os bandidos independentes. Embora haja flutuação do termo, a idéia de jaguncismo está ligada à idéia de prestação de serviço, de mandante e mandatário, sendo típica nas situações de luta política, disputa de famílias ou grupos [48].

As normas infringidas pelos jagunços são as criadas pelo meio que os produz. Os rancores pessoais, a ambição do chefe, o assalto de que é vítima por parte de outros proprietários legitimam qualquer violência praticada. No interior de Minas Gerais, como no mundo gauchesco, as eleições eram estopins curtos.

Lá, vemos eleições feitas com ameaças de bandos rivais, o contrato de jagunços para tais fins, a constituição rápida de bandos armados pelos motivos mais diversos, a incidência do banditismo propriamente dito, os meios brutais que usavam para liqüidar ladrões e assassinos [49].

Sendo assim, o jaguncismo situa-se fora da lei, e a infâmia campeia ao lado da solidariedade manifesta, em alguns casos, o que mais adensa o traço das vinganças e da criminalidade. Ajudar uns equivale a destruir outros. Em geral, estes são os aspectos explorados pelo regionalismo cuja temática escolhe essa vertente. Não é o caso, porém, de *Grande Sertão: Veredas,* onde o regional não é senão um dos níveis de leitura. Labirinto de linhas simbólicas, de teias psicometafísicas, um *aleph,* resumo do universal, eis o sertão rosiano.

Aqui, como no mundo *arrabalero,* há uma medida de existência que transcende o conceito de jagunço: simples proscrito, bandoleiro. *Ser jagunço* é estado de espírito, é opção de vida. Num nível simbólico, representa, talvez, o desejo latente de cada um ser livre, herói, inimigo da rotina para viver perigosamente e, assim, promove-se uma identidade entre o leitor e a personagem. É, contudo, mui-

48. *Vários Escritos,* pp. 140-141.
49. *Vários Escritos,* p. 141.

to mais que isso. Na narrativa, há o que Antonio Candido chama de *princípio da reversibilidade;* esse princípio dinâmico torna o grande sertão ambíguo, pois as personagens estão diante de encruzilhadas, das quais a maior metáfora se resume no local do pacto demoníaco: as "Veredas Mortas", marca das transformações. Riobaldo, mais tarde, procura o local, mas vem a saber que seu nome é, na verdade, "Veredas Altas". Não se trata de jagunços, demonstrando seu *modus vivendi,* mas do homem assumindo sua escolha e superando as etapas da iniciação que leva a estágios superiores da natureza, como se *ser jagunço* fosse também habitar o mundo expiatório.

Delimitado o local da peleja, deixemos duelarem os textos. Os caracterizadores do homem regional passam para segundo plano, na procura da descoberta de como o homem totalizante surge, não do meio, mas das páginas recriadoras.

Para bem compreender a textura desse homem cósmico, ir além dos textos escolhidos é necessário, já que a mente borgiana se revela fragmentariamente. Atente-se para a leitura crítica feita por Borges da obra de Hernández: *El "Martín Fierro",* onde se tem as coordenadas de seu pensamento sobre a produção gauchesca. São índices de caminhos para a desmontagem dos textos; tem-se, aí, seu ponto de vista acerca do regional/universal.

Borges diz que Hernández

(...) escribió (el Martín Fierro) para denunciar injusticias locales y temporales, pero en su obra entraron el mal, el destino y la desventura que son eternos [50].

Há, portanto, ao lado da face gauchesca do herói, a face eterna, plasmada, entre outros ingredientes, pelo mal e pelo destino. Borges parece crer no *fatum* tomando as rédeas da existência humana e, mais além, revelará que o *maravilhoso* das epopéias não é fruto de uma técnica épica, preconizada pelos poemas orientais e homéricos, mas

(...) tales invocaciones (...) proceden de una convicción instintiva de que lo poético no es obra de la razón, sino el dictado de poderes ocultos [51].

Postula uma origem instintiva, inconsciente, justificando o *maravilhoso.* O mal, o destino, os poderes ocultos são

---

50. *El "Martín Fierro",* p. 30.
51. *El "Martín Fierro",* p. 31.

componentes da química humana, ou detonadores de suas reações. O destino traça armadilhas, estas impelem o homem para o mal, herança da natureza, parte de sua essência; o *fatum* harmoniza as distorções humanas, reforçando umas freqüências, diminuindo outras, na emissão de sinais que marcam personalidades. Age, então, como mediador das diferenças.

Martín Fierro, no início do poema, revela-se um homem do campo, proprietário feliz, cujas desventuras começam, ao ser mandado para o exército, de onde foge para retornar ao lar, após três anos de ausência. Ali já não encontra família nem peões. Nesse ínterim, perdera todo o contacto com eles. Fierro resolve

entonces ser un gaucho matrero; mejor dicho, el destino lo ha resuelto por él. Fierro, que era un paisano decente, respetado de todos y respetuoso, ahora es un vagabundo y un desertor. Para la sociedad, es un delincuente, y ese juicio general hace que lo sea, porque todos propendemos a parecernos a lo que piensan de nosotros. La vida de frontera, los sufrimientos y la amargura han transformado su carácter. A ello se agrega la influencia del alcohol, vicio entonces común en nuestra campaña. La bebida lo vuelve pendenciero. En una pulpería, injuria a una mujer, obliga a sua compañero, un negro, a pelear y brutalmente lo asesina en un duelo a cuchillo. Hemos escrito que lo asesina y no que lo mata, porque el insultado que se deja arrastrar a una pelea que otro le impone, ya está dejándose vencer por ese otro [52].

Há um ponto importante: as ações humanas resultam de forças contraditórias, que vigem dentro do homem. Nem sempre há escolha, ou as próprias escolhas são previstas, uma vez que as contingências provêm da fatalidade. O destino faz dos homens seus instrumentos. Martín Fierro deserta, porque após longo tempo, no exército, não recebe o soldo que lhe é devido; seu nome não consta da lista. Esta circunstância desencadeia sua desgraça, já preparada ao ir compor as fileiras militares.

Um fato comprobatório do caráter fragmentário referido pode ser visto aqui, onde está a raiz de um conto borgiano.

Borges, num relato, conta a morte de Martín Fierro. Trata-se de "El Fin" (*Artificios*, 1944). O cenário é uma venda à beira-estrada. Há um negro, o protagonista, que, certa noite, há bastante tempo, convidara outro forasteiro para um desafio (canções populares, acompanhadas ao

---

52. *El "Martín Fierro"*, pp. 37-38.

violão, em que contracenam dois cantores): vencido, passa a aguardar ali o retorno do forasteiro. Quando ele volta (e esta volta é a tônica do relato), percebe-se, pelo diálogo travado, haver entre ambos uma pendência — o recém-chegado matara o irmão do negro. O desafio fora uma forma interina de resolver um caso que pedia solução titular. O negro esperara o dia da vingança e, com uma punhalada, põe termo à espera e à vida do forasteiro. Não há nomes. Há situações que identificam os homens. É límpida a compreensão do relato, quando se conhece a fonte.

Comentando a epopéia, Borges diz, referindo-se à parte em que ocorre o desafio musical entre Martín Fierro e o negro:

> Los presentes impiden la pendencia. Martín Fierro y los muchachos (*seus filhos*) se van. Llegan a la costa de un arroyo, se apean y ahí Martín Fierro, que acaba de contestar con burlas a un hermano del hombre al que asesinó, les dice untuosamente:
>
>> El hombre no mate el hombre
>> ni pelee por fantasía.
>> Tiene en la desgracia mía
>> un espejo en que mirarse.
>> Saber el hombre guardarse
>> es la gran sabiduría.
>
> Después de estas moralidades, resuelven separarse y cambiar de nombre para poder trabajar en paz. (Podemos imaginar una pelea más allá del poema, en la que el moreno venga la muerte de su hermano) [53].

E assim se fez!

Pode-se perceber, como se concebem as personagens gauchescas de Borges e, por aí, estudar esse orbe nebuloso, onde as associações, aliadas à imaginação, fazem brotar as vidas fictícias dos seres literários. Percorrê-lo há de ser mais fecundo do que manusear certos tratados de ética. O conhecer camadas mais profundas da alma das personagens está condicionado ao conhecimento de sua época e do seu meio:

> Para nosotros, el tema del Martín Fierro ya es lejano y, de alguna manera, exótico; para los hombres de ochocientos e setenta y tantos, era el caso de un desertor, que luego degenera en malevo [54].

---

53. *El "Martín Fierro"*, p. 65.
54. *El "Martín Fierro"*, p. 68.

Há, pois, dois enfoques para o leitor, que pode aproveitá-los a ambos: usar o telescópio analítico e ver os fatos a partir da sua plataforma histórica, como leitor, ou transportar-se ao tempo da história. Se se adota o primeiro, muito do mundo gauchesco se desgasta. A segunda postura trará, talvez, com a proximidade, consciência mais plena do mecanismo que deflagará a escritura. Borges parece preferir a máquina do tempo que o transporta ao cenário das *Mil e Uma Noites* à leitura estática.

Postula para as epopéias a mesma função das novelas atuais: aquelas proporcionavam aos ouvintes do passado o que estas proporcionam agora

(...) el placer de oir que a tal hombre le acontecieron tales cosas. La epopeya fué una preforma de la novela. Así, descontado el accidente del verso, cabría definir el Martín Fierro como una novela [55].

Há nessa obra, de acordo com os juízos críticos, uma ambigüidade fundamental. Para uns, Martín Fierro encarna a justiça e a coragem; para outros, é

(...) asesino, pendenciero, borracho. Esta incertidumbre final es uno de los rasgos de las criaturas más perfectas del arte, porque lo es también de la realidad [56].

Essa ambigüidade ocorre em relação às personagens dos textos borgianos aqui escolhidos. "Hombre de la Esquina Rosada", situa-se na coletânea intitulada *Historia Universal de la Infamia*. Espera-se um ato infame que justifique a inclusão. Dentro dos princípios de honra (ainda ligados aos estádios primitivos) dos homens que povoam a história, a infâmia ocorre em dois momentos: na fuga desonrosa de Rosendo Juárez e no assassinato de Francisco Real. Isso não acontece em "Hombres Pelearon". Aí, a luta é decente. Defrontam-se, corajosamente, representantes de grupos antagônicos, defensores do seu *território* e abrigados à sombra de sua bandeira: a do Norte e a do Sul. Pode-se, entretanto, vê-los como dois grupos de arruaceiros infames. Rosendo Juárez será covarde? Na sua história, faz crer que não o seja. Da mesma maneira, é ambígua a situação comportamental da personagem, se pensarmos em termos éticos: Rosendo Juárez é matador profissional, capanga de políticos, enfim, infame. Mas,

55. *Idem*, p. 74.
56. *Idem*, p. 75.

como em Martín Fierro, tem-se o esporão do destino aguilhoando o homem. Não houve escolha senão dentro do mal. Matara um homem, duelando dentro dos padrões, tinha sido provocado e disso havia testemunhas, só não as havia do duelo. É preso devido a uma circunstância fortuita: tomara do morto um anel, e a outra primária: o destino não lhe reservara mais que a vida miserável dos subúrbios, a filiação incerta, a desproteção, por não pertencer à casta dos poderosos. Martín Fierro fora vítima do exército; Rosendo é vítima de um delegado que o livra da cadeia para torná-lo guarda-costa de bandidos. A infâmia não é própria do homem, mas dos homens.

A ambiguidade, imprescindível à arte, está arraigada na obra tanto de Borges quanto de Rosa. E, quando ambos criam o impasse entre o Bem e o Mal, no caráter da humanidade, o espectro de ação se amplia. A infâmia é tratada como catalisadora do eterno; como negativa não só inserida no sistema moral, mas também nas frações do tempo; como abrangência da natureza, marcada de senões e do espaço perene, onde essa natureza frutifica.

A busca expressiva da totalidade humana desembaraça-se dos sintomas regionais em ambos os autores. Está em baixo-relevo o código legitimado pelo meio cultural ou costumes deflagrados pelo ambiente geográfico. Caso estes elementos apresentassem a primazia, perder-se-ia a ambiguidade eternizadora da obra, ficaria esta circunscrita ao tempo e espaço, veículo de seu exotismo.

No conto gauchesco "La Intrusa", por exemplo, Juliana passa a morar com os irmãos Nielsen, a pertencer sexualmente aos dois, que se apaixonam por ela; cria a discórdia entre eles, outrora tão unidos, e um deles mata-a para resolver o conflito. O traço infamante não estará apenas nessa dupla posse, nem no assassínio da mulher. A condição social de Juliana (infere-se que seja mestiça e, além disso, prostituta) coisifica-a; sua morte, no contexto, não causa estranheza. São dados regionais. O drama de Abel e Caim, a fatalidade do ódio entre irmãos, o possível fratricídio que se insinua é a infâmia repetida entre os homens. Matar Juliana é uma forma de redimir-se. Instala-se a tragicidade dos destinos humanos.

Em "La Forma de la Espada", a infâmia, mancha da personagem John Vicent Moon, aparece com todos os matizes: na traição, no caráter pusilânime, na delação, na própria forma que lhe deforma o rosto. É o conto onde melhor se dissecam as vísceras do mal, haja vista à deformação interior exteriorizar-se na cicatriz em meia-lua. É esclarecedor. As fases da lua, como o mal, são fenômenos universais. Moon, inserido no nome da personagem, aliado à minguante, indica que a face na sombra são os outros traços, obscurecidos pelo que brilha: o lado infame.

Em "El Encuentro", há um duelo. Amigos impelidos pelo álcool pelejam, e a morte de um ocorre. O toque fantástico: os homens são instrumentos das armas, sequiosas de sangue e vingança. Poder-se-ia dizer que a infâmia universal imprimiu nelas o seu estigma corruptor.

A tensão conflituosa que caracteriza as narrativas curtas, aqui se mescla do trágico. O homem é tomado no seu instante-limite, quando avesso e direito se rasgam num processo de dissolução. Segundo a maioria das cosmogonias, o primeiro momento da criação é de ruptura entre Céu e Terra, massa informe. E, na cosmogonia borgiana, criar significa resgatar a gênese da natureza humana, separar o que a caliça dos séculos culturais associou à parede adâmica para instaurar *hic et nunc* o homem, filho de Caim.

Se, em Borges, parece emergir a infâmia, em Guimarães Rosa parece haver um limite demarcado entre o abominável e o admirável. Mas, em ambos, age o princípio da *reversibilidade* e o resultado é o ambíguo. O homem entregue à dialética dos contrários, entre o real e a aparência, tenta progredir rumo à verdade como um desvelar-se, um *desesconder-se* para descobrir o que é no mundo. Nas obras, não ocorrerá o desenlace dessa tensão, de forma absoluta, pois o que interessa é explorar o aspecto conflituoso. Esse jogo de aparências insinua-se no processo criador de Borges, mas não é captado de imediato. Lendo-lhe as histórias isoladas, as personagens, aparentemente, não sofrem mudanças. Tratando-se do tempo da escritura, não há o suficiente para a evolução e nem essa é necessária, pois o que *um homem faz é como se todos o fizessem* e o bom caráter é melancolicamente insípido na vida literária. Guimarães Rosa não sofre o limite do tempo da narrativa, logo as personagens podem ser dinâmicas.

Isso é a camada primeira da escavação. Lendo-se os contos gauchescos, como um bloco, há intima conexão entre eles, porque são fragmentos de um mosaico. Lembremo-nos de que Borges vê na literatura uma obra única, e a intrínseca relação entre o que parece fragmentário é o fio de Ariadne para percorrer o labirinto. Adotando-se esse ponto de vista, o caráter reversível das personagens evidencia-se, pois reaparecem, sob novas formas, nas veredas do *jardim que se bifurca*. Em Rosa, há a mesma criação mosaicada. Suas primeiras histórias curtas encontrarão a síntese no romance.

> Não sou romancista — afirma-o ele, numa entrevista —, sou um contista de contos críticos. Meus romances e ciclos de romances são na realidade contos nos quais se unem a ficção poética e a realidade [57].

A melhor prova disso é a personagem Augusto Matraga, jagunço que, tocado pelo sinal simbólico, inicia a metamorfose rumo às instâncias superiores do ser. Riobaldo nasce em Augusto Matraga. O mesmo processo cabalístico atinge Riobaldo. O primeiro é tocado pela sagração do eleito — o mandala — o triângulo inscrito na circunferência — símbolo da transformação. O segundo tem, no encontro com o Menino, o toque da graça, e sua iniciação ocorre no São Francisco — simbolicamente a água batismal.

Em Borges, o leitor é que procede à síntese. Rosendo Juárez recebe o batismo com a mancha de sangue, que fica nele à maneira da mancha infame que persegue Lady Macbeth. Isso ocorre na história que conta de si mesmo. Após o duelo, retorna e diz:

> Pedi una caña y es verdad que la precisaba. Fue entonces que alguien me avisó de la mancha de sangre [58].

Num autor tão econômico, vê-se, em alto-relevo, uma circunstância que, num outro, seria banal. Note-se que esse fato não interfere nos acontecimentos, nem é mais citado. É curioso haver uma propriedade telecinética quanto aos símbolos, na construção dos dois magos comparados. Os dados simbólicos passeiam, assumindo posições semelhantes. Rosendo Juárez toma ao primeiro homem que mata, cujo sangue o marca, um anel:

> De puro atolondrado le refalé el anillo que él sabía llevar con un zarzo [59].

O anel é prova do crime junto à lei, porque o delega-

---

57. LORENZ, G. "Diálogo com Guimarães Rosa". In: *Guimarães Rosa*, (Col. Fortuna Crítica), p. 70.
58. BORGES, J. L. *El Informe de Brodie*. In: *Obras Completas*, p. 1035.
59. *Idem*, p. 1035.

do o interroga a esse respeito. Torna-se, então, a senha do neófito na senda do crime. O punhal o substituirá, significando a etapa posterior e a instância superior de sua degradação: reduz-se à mão armada que mandantes remuneram. Não mata por vontade, mas por ofício; uma triste realidade, sim, preferível à infecta cadeia. Rosendo não perde a consciência de sua infâmia e, outra vez, apresenta-se-lhe ocasião de escolha. Obecedendo ao fio condutor, passemos a "Hombre de la Esquina Rosada". Ao defrontar-se com Francisco Real vê nele sua imagem refletida, como num espelho; ao reconhecer-se, inversamente, já não reconhece seu punhal, que a Lujanera lhe oferece:

> Con las dos manos recibió Rosendo el cuchillo y lo filió como si no lo reconociera. Se empinó de golpe hacia atrás y voló el cuchillo derecho y fue a perderse ajuera, en el Maldonado [60].

Ao *desesconder-se* de si mesmo, renuncia ao punhal e ao seu significado. Lança-o no rio, que corre sempre, como o fluir da vida. É o ato de renúncia ao mal. Para assumi-la não hesita em ser, para os outros, covarde. Após conjurar a infâmia, desaparece e

> Para zafarme de esa vida, me corrí a la República Oriental, donde me puse de carrero. Desde mi vuelta me he afincado aquí. San Telmo ha sido siempre un barrio de ordem [61].

Há, portanto, no gaucho *matrero*, a mesma dimensão simbólica que há em Riobaldo. Este vai de etapa em etapa, fortificando o espírito para o pacto demoníaco. Ao atingir o fim a que se destina — a batalha do Tamanduá-tão — organiza o combate,

> (...) mas permanece parado durante toda a ação (...) No último lance, o combate do arraial do Paredão, nem mais comanda. Atira como um jagunço comum, do alto do sobrado, enquanto o essencial é feito pelos outros — seja o duelo em que Diadorim e Hermógenes se matam, seja o reforço decisivo trazido por João Goanhá [62].

Para Riobaldo e Rosendo Juárez, depor a condição de chefe e separar-se do punhal, respectivamente, significa iniciar uma nova etapa na travessia.

60. *Historia Universal de la Infamia; Obras Completas,* p. 331.
61. "Historia de Rosendo Juárez". In: *El Informe de Brodie, Obras Completas,* p. 1038.
62. CANDIDO, A. *Op. cit.* pp. 155-156.

Quando se falou da epopéia cuja raiz se centra no conto popular, uma dimensão trágica já foi apontada, como traço mesclado ao épico. Ele existe também no gauchesco, caracterizando o aspecto de universalismo. Em "La Intrusa", a personagem assassina está, tragicamente, obrigada pela fatalidade a impedir uma culpa maior — o fratricídio — por meio da infâmia. Mas ser infame é sinônimo de sofrer.

Instaura-se, na história, a tensão entre a força do destino que impõe aos irmãos o pomo da discórdia e as forças humanas naturais: amor e ódio. O homem torna-se joguete do conflito entre dois pólos que o transcendem e deverá ser o bode expiatório. Os irmãos devem compartilhar o sofrimento do crime e da perda. No caso, a *amartia* não é da competência do herói, mas, enfim, a discórdia que obscurece o ânimo dos irmãos é uma falta latente. Deve ser expiada e Cristiano, numa *anagnórisis*, ilumina-se, conhecendo a natureza da situação. Cedendo ao império do trágico, restabelece o equilíbrio rompido, eliminando Juliana. Aqui, há muito mais do que a simples infâmia ou cenário regional [63].

Riobaldo, de certa maneira, reveste-se dessa tragicidade. O destino aproxima-o de Diadorim, por quem se apaixona, cometendo uma falta. Vê-se diante de forças além de sua compreensão. É impelido pelo instinto, natural, para o elemento feminino que, pelo jogo das aparências, está num invólucro masculino. Não entende essa atração, sempre está a afirmar que não é homem inclinado à anormalidade. Como o fratricídio, a atração e o conseqüente relacionamento homossexual é culpa que pertence aos homens e, embora castigada pela destruição bíblica, permanece como desmedida, cabendo ao homem sofrer para purgá-la, assim como às outras faltas humanas. Para Riobaldo, o conflito resolve-se, quando uma das forças é anulada, e o sofrimento resgata o erro. Isso ocorre com a morte de Diadorim, que, por si mesma, não solucionaria o problema da consciência. Ocorre, então, a *anagnórisis*, quando Riobaldo é iluminado, reconhecendo a verdade.

63. O termo *hamartia* ou *amartia* caracteriza, segundo Aristóteles, na *Poética*, a idéia da falta, cometida pelo herói trágico, que não se investe de responsabilidade puramente subjetiva. Neste caso, o fratricídio cometido entre Abel e Caim é uma falta que pertence a todos os homens, assim como o pecado original, revelando-se como desmedida. O termo *anagnórisis* refere-se ao momento em que o herói trágico reconhece a sua culpa, razão do castigo, por meio das circunstâncias que o "iluminam".

Não há culpa no seu sentimento, mas ele sofre mais, vendo perdido o objeto do seu amor; por outro lado, o conflito de consciência é superado.

Cabem, aqui, as palavras de Evelina de C. de Sá Hoisel, que analisa o romance de Rosa à luz do teatro. Diz:

> O *Pathos* que atinge cada personagem está ligado ao caráter irreversível da representação da qual resulta o sentido trágico ao existir. Muitas vezes o disfarce é experimentado e dramatizado até as últimas conseqüências e o momento de epifania e de revelação coincide com o momento de morte. Quando morre, é que Diadorim se despoja de sua fantasia [64].

Nos dois autores comparados, a personagem define-se pela possibilidade de ser diferente do que está sendo; o destino, contudo, às vezes, sela-a com o ferrete da infâmia, como acontece com John Vincent Moon e Hermógenes, que trazem a marca do mal, provocando repulsa. Riobaldo diz do segundo que

> Eu criava nojo dele, já disse ao senhor. Aversão que revém de locas profundas. Nem olhei nunca nos olhos dele. Nojo, pelos eternos — razão de mais distâncias. Aquele homem para mim, não estava definitivo [65].

O *poder oculto*, na cosmogonia rosiborgiana, aparece como a fatalidade que, traçando rumos inexoráveis para o homem, determina-lhe as etapas na travessia. Essa condição trágica, Borges parece vê-la ironicamente, como se observasse compreensivo, mas com frieza, o homem que se debate no labirinto sem saída. Sob forças, cuja natureza não cabe discutir e sim ponderar, homens tornam-se armas, e armas animizam-se.

No centro da cosmogonia rosiana, está a metáfora, criada para encarnar a deformação que o abominável produz: infâmia=mal=demônio. Os valores abstratos dependem de quem lhes dê forma concreta, e a função de Hermógenes é dar concretude ao diabo, para fazê-lo mais verossímil. É o agente detonador da ação e seu papel jamais se altera, não vindo a praticar senão ações infames. E, voltando-se ao ensaio de Evelina Hoisel:

> Na travessia geográfica pelo sertão, todos cumprem um papel imposto pelo destino. É ele quem dita o caráter da repre-

---

64. "Elementos Dramáticos da Estrutura de *Grande Sertão: Veredas*". In: *Guimarães Rosa*, p. 478.
65. ROSA, G. *Grande Sertão: Veredas*, p. 15.

sentação mesmo quando se deixa suplantar por indivíduos que geralmente asumem uma função hierarquicamente superior, como os chefes de bandos [66].

Em Rosa, o *cogito ergo sum* leva Riobaldo a examinar o labirinto humano e após resolver a questão ser ou não ser jagunço, resta-lhe outra, metafísica: a da alma. Por um processo semelhante ao empregado por Borges — o sinuoso — com as constantes referências ao demônio, Rosa não afirma, mas nega sua presença. Parece dizer-nos que o melhor modo de eliminar o fantasma que nos assombra é descobrir-lhe a causa. Riobaldo diz:

> Eu cá não perco ocasião de religião. Aproveito de todas. Bebo água de todo o rio. Uma só para mim é pouca, talvez nem chegue [67].

As cogitações não levam às provas, porque a finalidade não é concluir senão a qualidade de ser pensante do homem. Na concepção de Borges,

> Omitir siempre una palabra, recurrir a metáforas ineptas y a perífrasis evidentes, es quizá el modo más enfático de indicar-las [68].

Parece, exatamente, o inverso do que ocorre em Rosa, que reforça em vez de omitir. São caminhos próprios que levam ao mesmo ponto:

> (...) infinitas series de tiempos divergentes, convergentes y paralelos. Esa trama de tiempos que se aproximan, se bifurcan, se cortan o que secularmente se ignoran, abarca todas las posibilidades [69].

Rosa, à força de nomear o demônio, acaba por dissolvê-lo, deixá-lo nenhum. À sua moda, nega o tempo; o homem vive muitas vidas, como afirma o compadre Quelemém, teólogo do sertão, para quem "a gente torna a encarnar renovado", o que não significa apenas uma visão kardecista do mundo, mas a concepção de um presente infinito:

66. *Idem*, p. 486.
67. ROSA, G. *Grande Sertão: Veredas*, p. 108.
68. BORGES, J. L. "El Jardín de Senderos que se Bifurcan." In: *Ficciones*, p. 115. A inclusão, por vezes, de textos alheios à literatura gauchesca, e, por outro lado, alheios ao "corpus" determinado do trabalho, deve-se ao desejo de penetrar o mais profundamente possível na origem do ato criador e, em Borges, o mosaico obriga a recorrência aos fragmentos.
69. *Idem*, p. 115.

Essas são as horas da gente. As outras, de todo o tempo, são as horas de todos, me explicou o compadre meu Quelemém [70].

O estudo da dialética regional/universal, na cosmogonia rosiborgiana, pode estender-se indefinidamente, dependendo da leitura. Para Rosa,

(...) um crítico que não tem o desejo nem a capacidade de completar junto com o autor um determinado livro, que não quer ser intérprete ou intermediário, que não pode ser, porque lhe faltam condições, deveria se abster da crítica [71].

Entende, portanto, o problema da mesma forma que Borges: a do leitor como co-produtor. Assim, a riqueza dos pampas e do sertão será explorada de acordo com o interesse e o cabedal de seus exploradores. O duelo entre os textos escolhidos ocorre entre titãs. Sua força é inesgotável. Por isso, embora algumas picadas tenham sido abertas, quanto aos aspectos sociológicos e metafísicos; quanto aos dados estruturais da narrativa; quanto à visão de mundo subjacente, ancorada no infratexto, aprofundá-las não é objetivo cardeal. Pretende-se, tão-somente, apontar as semelhanças, o que não se restringe ao universo intralingüístico, embora aí surgidas.

Resta, ao cabo do breve panorama, comentar o conjunto.

O grande sertão e os pampas ou o cenário provinciano da capital portenha têm, ao lado das diferenças de latitude, de traços geo-históricos, em comum, o fato de serem povoados por homens que a arte reacriadora nos dá semelhantes: sertanejos e gaúchos. Não há, nas duas obras, o herói típico, mas uma dimensão que o transcende, em busca do sertão e do pampa como pátria da alma e ninho de valores que a ela concernem, integrando-a coletivamente, tais como a coragem, a decisão, o correlato desprezo pelos traidores.

Temos, porém, nesses grupos, o direito adquirido de, ao marginalizar-se, fazer como Zé Bebelo, o seu próprio *vivalei*, síntese do comportamento personalíssimo daquele jagunço.

Em "Hombres Pelearon", dois grupos enfrentam-se, na pessoa de seus chefes. O mesmo ocorre em "Hombre de

70. *Grande Sertão: Veredas*, p. 108.
71. LORENZ, G. *Op. cit.*, p. 75.

la Esquina Rosada", e, embora ali o duelo não se concretize, a autoridade representa o medo da lei para os fora-da-lei: o corpo de Francisco Real desaparece ao menor sinal da polícia. Em *Grande Sertão: Veredas*, há o grupo belicoso, combatendo os federais ou outros jagunços, os que faziam do sertão um lugar onde

(...) tudo era morte e roubo, e desrespeito carnal das mulheres casadas e donzelas, foi impossível qualquer sossego, desde em quando aquele imundo de loucura subiu as serras e se espraiou nos gerais [72].

Aquele grupo separa-se em duas facções pela cunha da infâmia. A traição, como nos pampas, deve ser vingada. No final do grande duelo, há o homem morto à ponta de faca. No sertão e nos pampas, a vida nada vale diante da vontade do destino.

As personagens sofrem mudanças. Rosendo Juárez é o resquício do mundo bandoleiro, poupado para narrar a sua história, analisar o passado, refletir acerca de suas ações, conselheiro, afinal, dos amigos. Uma réplica de Riobaldo; aquele abandona a vida bandoleira para ser vaqueano; este, para ser fazendeiro: Riobaldo pode receber o epíteto de gaucho *matrero* e Rosendo, o de jagunço-sertanejo.

Borges traça a figura do *matrero*, com palavras que bem se encaixam ao jagunço. Diz que ele:

Despreciaba al ladrón y al hombre que vivía de las mujeres. (...) Es natural y acaso inevitable que la imaginación elija al matrero y no a los gauchos de la partida policial que andaba en su busca. Nos atrae el rebelde, el indivíduo, siquiera inculto o criminal, que se opone al Estado; Groussac ha señalado esa atracción en diversas latitudes y épocas. (...) También el gaucho, por lo general sedentario, habrá admirado al prófugo que fatigaba las leguas de la provincia y atravesaba, desfiando la ley, las anchas aguas correntosas del Paraná o del Uruguay [73].

Troquemos o gaúcho pelo mineiro, criador de gado; o rio Paraná pelo São Francisco e o Uruguai pelo Urucuia. É a matéria-prima de Guimarães Rosa!

Menos de individuos, la historia de los tiempos que fueron está hecha de arquetipos; para los argentinos, uno de tales arquetipos es el matrero. Hoyo y Moreira pueden haber capitaneado

72. *Grande Sertão: Veredas*, p. 36.
73. BORGES, J. L. "El Matrero". In: *Prólogos con un Prólogo de Prólogos*, p. 114.

bandas de forajidos y haber manejado el trabuco, pero nos gusta imaginarlos peleando solos, a poncho y a facón. Una de las virtudes del matrero, sin duda inapreciable es la de pertenecer al pasado; podemos venerarlo sin riesgos. Matrerear podía ser un episodio en la vida de un hombre. El acero, el alcohol de los sábados y aquel recelo casi femenino de haber sido ofendido que se llama, no sé por qué, machismo, favorecían las reyertas mortales [74].

Para Guimarães Rosa, o arquétipo digno de permanecer na imaginação foi o dos chefes dos jagunços: Joãozinho Bem-Bem, sô Candelário, Joca Ramiro, semideuses do sertão, alçados à mesma esfera que Moreira e Hoyo para os argentinos.

António Cândido mostra, no jagunço rosiano, uma dimensão simbólica, *um ser jagunço* como forma de existência, como realização ontológica do mundo do sertão. Está entre o cavaleiro medieval e o bandido, porque, se tem deste a violência, tem daquele o caráter de paladino da justiça, que procura levar a ordem ao sertão, lugar onde "até Cristo se vier que venha armado". Neste ponto, difere do gaúcho, mas, à parte o espírito justiceiro, suas ações estão impregnadas dos hábitos equiparáveis aos do homem do sul: o álcool, as rixas, o machismo, a montaria, a faca.

Na obra de Borges e na de Guimarães Rosa, há o universal falando a linguagem regional, porque, em ambas, a vivência registra sulcos, na fita magnética da personalidade, que serão resgatados no produto literário. Rosa declara que, no sertão,

(...) Desde pequenos, estamos constantemente escutando as narrativas multicoloridas dos velhos, os contos e as lendas, e também nos criamos em um mundo que, às vezes, pode se assemelhar a uma lenda cruel. Deste modo a gente se habitua, e narrar estórias corre por nossas veias e penetra em nosso corpo, em nossa alma, porque o sertão é a alma de seus homens (...). Eu trazia sempre os ouvidos atentos, escutava tudo o que podia e comecei a transformar em lenda o ambiente que me rodeava, porque este, em sua essência era e continua sendo uma lenda (...) sobre o sertão não se podia fazer literatura do tipo corrente, mas apenas escrever lendas, contos e confissões [75].

Isso vale para o Borges dos contos selecionados, de ouvidos atentos às histórias de seu povo, porque o mundo gauchesco é também a "alma de seus homens".

74. BORGES, J. L. "El Matrero", *Op. cit.*, p. 114.
75. LORENZ, G. "Diálogo com Guimarães Rosa", *Op. cit.*, p. 69.

Concluindo-se as relações comparativas entre Guimarães Rosa e Borges, quanto aos traços regionais e universais, deve-se citar o estudo de Davi Arrigucci Jr.: "Da Fama e da Infâmia" (Borges no Contexto Literário Latino-americano) [76]. Este ensaio, que traz a data de 1985, parece ter sido escrito na mesma época deste capítulo da dissertação e faz parte do *Boletim Bibliográfico — Biblioteca Mário de Andrade*, onde também publicamos um ensaio — "O Hemisfério Lunar de Borges, numa leitura à luz da tradução" [77], pequena amostra do assunto capital deste trabalho: a tradução de Borges, via Guimarães Rosa. O *Boletim* foi lançado no início deste ano e só então conhecemos o ensaio referido. A curiosa coincidência de assuntos foi, em particular, agradável, porque o autor se dedica, dentro do contexto universalizante da obra borgiana, ao aspecto regional, representado pelo conto "Biografia de Tadeu Isidoro Cruz", parte de *El Aleph* (1949). Aponta para a poética da leitura, o modo borgiano de criar, voltando-se para a decodificação, e analisa esse procedimento dentro da literatura latino-americana.

O ensaio, embora não trate especificamente dos textos aqui vistos, é valioso. Traz considerações acerca de idéias com as quais vínhamos convivendo de longa data e confirma a pertinência delas, além de mostrar que brotam de maneira espontânea em vários terrenos, predispostos a acolhê-las. É o caso da teoria aristotélica, aplicada à essência universal de um conto que, desconsiderada a espessura do texto, refletiria apenas o conteúdo regional, e da relação fama/infâmia na obra de Borges. Quanto ao problema da tradução, bem visto por Arrigucci (que comenta o texto traduzido), seguem-se referências no próximo capítulo, onde se trata disso.

Outro ensaio deve ser apontado, confirmando o que se expôs. Já considerávamos concluído este capítulo, quando tomamos conhecimento do trabalho de Beatriz Sarlo, professora de literatura da Universidade Nacional de Buenos Aires, publicado na *Folha de S. Paulo* (Folhetim), sob o título: "Na Origem da Cultura Argentina". Este ensaio põe em evidência a importância do regionalismo borgiano e da tradução como operação cultural, assuntos que discutíamos. Destaca-se o seguinte trecho que complementa o que já se disse, oferecendo a outra face dialética da questão. Segundo a autora,

76. *Op. cit.*, pp. 67-90.
77. *Op. cit.*, pp. 157-173.

A operação de Borges em *Historia Universal de la Infamia* consiste no *acriollamiento* das versões, por um lado. Por outro, em sua permanente sagacidade na escolha de textos marginais da grande antologia universal.(...) Em *Historia Universal de la Infamia*, a operação borgiana é dupla: escolha de histórias contrárias a toda moralização, carentes de centralidade, não exemplares, que Borges *acriolla*: Billy the Kid aprendeu "el arte vagabundo de los troperos"; a Guerra de Secessão produziu "quinientos mil muertos y pico"; o japonês Senhor da Torre "sacó da espada y le tiró un hachazo"[78].

Neste capítulo, procurou-se mostrar como Borges explora os valores universais do contexto regional e, a partir do enfoque de Beatriz Sarlo, revela-se a outra face: ao mesmo tempo, o autor contamina as personagens universais com traços *criollos*. *Hachazo* é termo popular, sinônimo de *cuchillada*, é o golpe vibrado contra o *Chileno* pelo homem do Norte em "Hombres Pelearon" ("la cara del Chileno fué disparatada por un hachazo...") e, do mesmo modo, um japonês de 1702 ataca.

Vê-se que o regionalismo borgiano, longe de ser anacrônico, é assunto atual e merecedor de atenção pelo que representa como desvelamento da personalidade múltipla do autor.

Passando às traduções, quando se verão as semelhanças lingüísticas, resta dizer que, nesse campo, o da linguagem, nasceram todas as demais. Estudá-lo será o ponto nodular da análise comparativa que além se abre sob o enfoque da tradução "transcriadora".

---

78. SARLO, B. *Folha de São Paulo* (Folhetim), p. 9.

3. A TRADUÇÃO COMO DESOCULTAMENTO

> *O instante do esquecimento de si em que o sujeito submerge na linguagem não é o sacrifício dele ao ser. Não é um instante de violência, nem sequer de violência contra o sujeito, mas um instante de conciliação: só é a própria linguagem quem fala quando ela não fala mais como algo alheio ao sujeito, mas como sua própria voz.*
>
> ADORNO

O estudo do aspecto regional da Literatura gauchesca de Borges, assunto do capítulo anterior, é pertinente sob o ponto de vista da tradução. Esta, embora não o exija, enriquece-se com o conhecimento da gênese da obra traduzida, espera certas delimitações do meio onde deitou raízes e, sobretudo, aprofunda-se com a compreensão da força motriz do autor. Os resultados nem sempre serão explícitos; serão, porém, subjacentes ao produto.

A tradução trabalha um objeto — o texto — cuja matéria orgânica se constitui num condutor de valores, porque a palavra carrega a História e, conseqüentemente, reflete uma tomada de consciência histórica que, partindo do individual, ancora no coletivo. O que Octavio Paz diz do poeta, estende-se e engloba a linguagem a que se alude — a do narrador — pois esta se apresenta mesclada de qualidades que autorizam a aproximação:

> O poeta fala das coisas que são suas e de seu mundo, mesmo quando nos fala de outros mundos: as imagens noturnas são compostas de fragmentos das diurnas, recriadas conforme outra lei. O poeta não escapa à História, inclusive quando a nega ou a ignora. Suas experiências mais secretas ou pessoais se transformam em palavras sociais, históricas. Ao mesmo tempo, e com essas mesmas palavras, o poeta diz outra coisa: revela o homem. Essa revelação é o significado último de todo o poema e quase nunca é dita de modo explícito, mas é o fundamento de todo dizer poético [1].

O poeta, ao dizer a *outra coisa,* revela o homem, e Borges afirma que o caráter dos homens não é dado, literariamente, pelos seus atos, mas pelo seu tom de voz. Há muitas maneiras de entender esse "caráter tonal", individualizante; ele pode partir da constituição física, responsável pela concretização da fala, o que é difícil de ser captado no texto escrito. Poderá estender-se para atingir considerações que, partindo do insulamento social do indivíduo, pertencente a qualquer sociedade (transformada em palavras e transformadora, por meio delas), até os valores históricos refletidos pela voz. Os homens concebem o mundo mais ou menos determinados pelo grupo e pelo momento e bastante determinados pelas próprias concepções acerca desses determinantes. Mas não caberão aqui essas discussões nem as relativas às diferentes visões de mundo, motivando diferenças lingüísticas do ponto de vista individual ou grupal, ou o contrário, estas como fruto daquelas.

O que irá interessar ao tradutor serão alguns traços caracterizando as diferentes variantes dialeto-regionais, algum resquício da marca supra-segmental (elementos fônicos que acompanham a realização de dois ou mais fonemas com função distintiva: o acento, o tom, a entoa-

---

1. PAZ, O. *Signos em Rotação,* p. 55.

ção), própria do falante, num sentido bem amplo, porque é preciso perseguir essa marca diferenciadora, disseminada na fala da personagem, porém fixada numa escritura.

São esses traços que definem a Literatura gauchesca, os traços peculiares da linguagem, naturalmente como um dos fios na rede de relações com os outros. A tradução deve reproduzir esses traços, dentro dos limites do texto escrito que é seu objeto, já que não se podem perceber elementos orais, além daqueles que o próprio texto logra resgatar.

O poeta fala das coisas que são suas e de seu mundo e, ao fazê-lo, transforma isso em formas e figuras, constituídas de combinatórias rítmicas, onde é impossível disjungir som de sentido. A reprodução dessas coisas não é feita por identidade, mas por semelhança. Dentro do mesmo parâmetro trabalhará o tradutor. A partir das formas e figuras, deverá encontrar um meio de reproduzi-las por semelhança para chgar ao que Valéry já considerava fundamental: reproduzir por meios diferentes, efeitos parecidos.

Naturalmente, quanto mais se penetra no mundo originário dessas formas, mais fácil será reconhecê-las, reelaborá-las e traduzi-las não somente para outra língua, mas também para a outra realidade para onde aquela remete e à qual circunscreve as coisas na contínua dinâmica dos signos.

Tomando-se como exemplo de "voz" refletindo o caráter da personagem na escritura, pode-se ver no conto, "Hombre de la Esquina Rosada", a troca do /F/ pelo /J/; o último tem um som forte, carregado, e delineia, de certa forma, o mundo *arrabalero,* marcado por esse tom. Essas formas típicas devem ser reproduzidas por semelhança, e conhecer o mundo que as produz ou utiliza assegura o reconhecimento das marcas para a sua transposição.

Chega o momento de retorno à fase larvária da produção borgiana — a dos primeiros ensaios críticos — quando as estruturas lingüísticas preocupavam sobremaneira o autor que declara, quanto às três preocupações cardeais, responsáveis pela coletânea de escritos *El Idioma de los Argentinos*: — "La primera es un recelo, el lenguaje" [2].

---

2. No ensaio "Borges y el lenguaje", A. M. Barrenechea diz: "La filosofia le enseña a dudar de las palabras y, a la inversa, la desconfianza en el lenguaje — que es una ordenación del mundo — le hace descrer de la metafísica y de la

Descobrir o meio exato de construção, o como fazer da escritura o perfeito equilíbrio entre a substância (fenômenos extralingüísticos) e a forma (fenômenos intralingüísticos) foi o móvel de muitos ensaios, além dos contidos em *El Idioma de los Argentinos* (1928), o que se pode notar também em *Inquisiciones* (1925). A busca centra-se na captação imediata do que Saussure chamou *parole* em oposição à *langue,* talvez daquilo que se constitui numa metáfora da língua espanhola — o uso que o portenho faz dela, num constante recriá-la. O uso do termo "metáfora" para designar o resultado dessa *performance* deve-se ao fato de que o falante vai impregnar o vocabulário de um caráter imaginário, ou seja, projeta sua idéia subjetiva, da coisa nomeada, sobre o plano objetivo do código e, estabelecendo-se uma relação de semelhança entre o significado objetivo e a idéia, criam-se novos significados. Por isso, "el mecanismo del lenguaje popular es esencialmente metafórico", diz Clemente, e, citando Carmelo Bonet, "Al pueblo, por instinto artístico, le place el uso de palabras con acepción figurada" [3].

Se o âmbito extralingüístico americano, no que se refere à América hispânico-portuguesa, tem caráter próprio, as línguas portuguesa e espanhola vão sofrer alterações pertinentes ao elemento aclimatado; o portenho vê o mundo de forma diferente do chileno, do mexicano e estes do espanhol; logo, fatores responsáveis pelas diferenças provocam a traição metafórica da língua-mãe, o que ocorre também no Brasil em relação a Portugal. Se a natureza é diferente

(...) otras serán las sensaciones locales que imprima su (do indivíduo) vida afectiva. Sensaciones unitarias que modificarán la retina matriz del idioma y le darán riqueza y flexibilidad [4].

Não se pode esquecer, além disso, o substrato representado pelos falares indígenas, cuja influência se faz sentir no léxico, em certos hábitos fonéticos e até nas formas gramaticais.

Borges defenderá o *idioma dos argentinos* como em época contemporânea, Mário de Andrade defendeu o

posibilidad de encontrar un orden en el universo. En este sentido; cuántas veces ha manifestado su incredulidad, que va desde un simples recelo ante el lenguaje hasta una negación de la metafísica!" (*Op. cit.*, p. 231).
3. CLEMENTE, J. E. *El Lenguage de Buenos Aires*, p. 70.
4. *Idem,* pp. 66 e 67.

idioma dos brasileiros[5]. Marca típica dessa defesa que, teoricamente, é corpo de ensaios, encontra sua efetivação na linguagem literária, eivada de deturpações e lexias que a fala provoca e utiliza; sua ação atinge largo espectro, desde o nível fono-semântico até o morfo-sintático. Nas peças da Literatura gauchesca da primeira época, em Borges, nota-se esse feixe de traços distintivos em relação à escritura posterior, como é o caso do conto "Historia de Rosendo Juárez" e outros como "La Intrusa", "El Encuentro", publicados em *El Informe de Brodie* (1970). Nestes contos a incidência é mais discreta.

Borges não pretende criar, com sua linguagem, um labirinto de estruturas lingüísticas, mas opera em sentido contrário. Quanto mais as idéias se tornam sinuosas mais precisa vai-se tornando a expressão idiomática, despida de arabescos, num perfeito ajustamento entre as categorias gramaticais e as psicológicas. Nos contos, situados fora da linha limítrofe do gauchesco, quanto mais enigmático e permeado de opacidade é o tema e o desenvolvimento da idéia, mais desnuda e hialina se torna a expressão. O que equivale a dizer que Borges atua por contraste, impregnando a obra do efeito de estranhamento quer por meio de uns recursos, quer por meio de outros. A precisão lingüística corresponde à lucidez mental com que encara o "brinquedo do mundo", captado pelo sentido auditivo e cujas peças monta e remonta, despistando o leitor, por um lado, mas dando-lhe índices decodificadores de outro, ao inseri-lo nos meandros dos artifícios simbólicos que deve destrinçar. Aí, o leitor, ofuscado pela transparência quase cartesiana da linguagem, tende a permanecer na ilusão da transparência, ainda mesmo quando lê os textos gauchescos, e isso ocorre também com os tradutores cujos trabalhos circulam entre nós.

Os tradutores têm-se restringido ao vocabulário, às formas concretas da estrutura verbal, deixando fugir as formas mentais, infratextuais do autor, e os efeitos estilísticos de opacidade regionalista[6]. Contudo, cabe à tradu-

---

5. Mário de Andrade não só conheceu como também apreciou a obra de Borges, como se pode notar no que diz em publicação do *Diário Nacional* (São Paulo, 13 de maio de 1928 in: *Boletim Bibliográfico* — *Biblioteca Mario de Andrade*, p. 43) e também é mostrado na obra de Monegal (*Mário de Andrade/ Borges: Um Diálogo dos Anos 20*, pp. 99-100).

6. O fato é sentido por Davi Arrigucci Jr. que, na sua análise do conto "Biografía de Tadeu Isidoro Cruz", utiliza a versão que faz parte de *O Aleph,* traduzido por Flávio José

ção a difícil tarefa de equacionar, no resultado, não só o que o autor explicita, mas também o que oculta e o que a obra, autônoma, passa a representar para o leitor a despeito das opiniões favoráveis, ou não, que o autor possa sugerir quanto à sua origem e maturidade.

Obedecendo a esse parâmetro, o *modus operandi* da tradução busca aqui, além do trânsito interlingual, a exegese do processo estilístico subjacente, pois Borges, incorporando, na escritura, caracteres próprios da fala, intenta extrair da sua afetividade o máximo rendimento; o texto não fala apenas da, mas também pela gente que o origina, da qual o autor é porta-voz.

O teor textual desmascara as dificuldades de sua produção: num flanco de sua estrutura, tem-se o autor às voltas com os meios de compensar, na escrita, certos traços (os supra-segmentais, de que já se falou), pertinentes à comunicação oral, tais como a entoação, a mímica, as pausas, a expressividade do rosto; resolve a dificuldade, intensificando recursos de que dispõe no campo sintático (construções esdrúxulas), fonético (deturpações vocabulares), além da cuidadosa seleção léxica. Por outro lado, há a dificuldade de prever acertadamente a reação do leitor

---

Cardoso. À tradução, refere-se nestes termos: "Lido nesta tradução, o conto parece manter, até certo ponto, a eficácia do original: fluência dentro da mais estrita brevidade; sóbria concisão e elegância; peculiaridades da linguagem, em que, aqui e ali, alguns termos evocam a paisagem regional, onde se desenrolam os fatos narrados. Não chega a desfigurar a maestria estilística de Borges. Ocorrem, porém, diversas falhas; algumas valem comentários, pelo que revelam do modo de ser do texto. As deficiências da tradução dizem respeito, sobretudo, à dificuldade de se conseguir, em português, correspondência para a mescla da linguagem, em que elementos localistas se combinam com a prosa culta; mas representam também incompreensão de certas sutilezas da construção artística da narrativa. Perde-se, principalmente, na precisão, na atmosfera, na cor local e na ambigüidade procurada de alguns termos. Logo de início, o termo 'guerrilheiros' não traduz exatamente a palavra 'montoneros' do original, em virtude da associação imediata deste vocábulo à região evocada e aos fatos históricos que ali se deram (do que derivou, com certeza, o emprego atual de 'montoneros'). Trata-se dos participantes das 'montoneras', isto é, dos grupos de cavaleiros armados que desempenharam enorme papel na 'guerra gaucha' (segundo a expressão de Lugones) no momento histórico das lutas internas, aludido no conto. Mereceriam, portanto, ao menos, uma nota esclarecedora".

O autor da crítica continua, com outros exemplos da linguagem regionalista, que procura esclarecer (*Op. cit.*, p. 89).

diante do enunciado. Em resposta a esse estímulo, o autor organizará de tal maneira a mensagem que ela mesma remeterá o leitor para a decodificação de que necessita. Ter-se-á, assim, a atitude crítica do autor diante de sua produção, ora latente, ora manifesta na ordem sintagmática dos elementos imprevisíveis e previsíveis [7].

Relativamente a Borges, os componentes imprevisíveis que constituem o fascínio e o desespero do tradutor aparecem mais pronunciados em "Hombres Pelearon" e "Hombre de la Esquina Rosada". Sua presença é responsável pelo aparecimento da relação comparativa entre Borges e Guimarães Rosa quanto às estruturas lingüísticas.

Parece que, apesar de toda a aparente diversidade entre ambos, do ponto de vista verbal, há uma intenção comum, resumida no desejo de transportar para a obra a essência anímica e a forma telúrica do homem, arraigado à determinada faixa territorial, simultaneamente submisso à época e liberto do tempo e do espaço físico, em virtude de sua universalidade antropomórfica. Dessa essência e forma provém a capacidade de comunicar e expressar as impressões do mundo interior e exterior por intermédio dos signos.

Guimarães Rosa e Borges, ambos pesquisadores de línguas, do instrumento que permite a materialização da arte verbal, parecem ter chegado à conclusão de que é necessário prever um sistema lingüístico capaz de resistir à lei de transformação a que a língua está sujeita, especialmente no campo semântico. É preciso tentar a

(...) preservação dos efeitos, apesar do desaparecimento gradual do código de referência para o qual eram previstos [8].

A respeito de Guimarães Rosa, Franklin de Oliveira diz que, na sua escritura,

(...) a palavra perdeu a sua característica de termo, entidade de contorno unívoco, para converter-se em plurissigno, realidade

---

7. Segundo Rifaterre, "(...) o autor preocupa-se com a maneira pela qual ele quer que sua mensagem seja decodificada (...). Se ele quiser que (suas intenções) sejam respeitadas, deverá controlar a decodificação, ao longo da cadeia escrita os componentes que julga importantes e que não podem deixar de ser percebidos, seja qual for a negligência do leitor. E como a previsibilidade é aquilo que faz com que uma decodificação elíptica baste ao leitor, os elementos que não podem escapar à atenção deverão ser imprevisíveis" (*Estilística Estrutural*, p. 36).
8. RIFFATERRE, M. *Op. cit.*, p. 40.

multissignificativa. De objeto de uma só camada semântica, transformou-se em núcleo irradiador de policonotações. A língua rosiana (...) converteu-se em idioma no qual os objetos flutuam numa atmosfera em que o significado de cada coisa está em contínua mutação [9].

A fase experimental de Borges apresenta essas palavras polivalentes e, nele, a língua espanhola converte-se em 'idioma argentino', portenho e borgiano. Concluído o período de ebulição verbal, solidifica-se a escritura, cuja transparência aparente e previsibilidade constante existem em virtude da imprevisibilidade dos conceitos paradoxais. Por outro lado, a escritura rosiana cria o impacto pela dificuldade de decodificação, mas a dificuldade torna-se redundante. Com um esmiuçamento exaustivo é possível não só desvendar o enigma de efabulação e elocução como também internalizar o processo, tornando o estranho previsível no contexto. O leitor prepara-se psicologicamente para enfrentar o obstáculo e acaba por adquirir um repertório rosiano. O próprio autor controla a decodificação. Se, por um lado, ao recriar a linguagem, usa todos os recursos de sua criatividade, por outro, utiliza sempre variações de um *pattern* existente e reconhecível, inerente à competência do sujeito decodificador das estruturas. Como, apesar disso,

(...) é possível que o leitor se perca, o próprio Guimarães Rosa se encarregou de ir mostrando o caminho — o que existe para ser descoberto na sua obra está sempre no texto. Quando *Fausto*, a *Divina Comédia*, a teologia ou os livros sagrados hindus impregnam sua narrativa, por exemplo, o texto apresenta uma profunda disseminação de elementos significativos orientando a leitura [10].

Assim, o mágico e o enigmático salvam-se da ação corruptora do tempo, porque o texto admite toda a gama de leituras, dependendo apenas do contexto cultural do leitor, e acompanha a mutação das coisas, pois não há um sentido único de leitura, mas

(...) uma decifração e recriação constantes, feita de dedução e intuição, de sensibilidade e de exploração das diferentes possibilidades de atualização daquilo que é dito potencialmente pelo Nome [11].

9. OLIVEIRA, F. DE. *Guimarães Rosa*. (Col. Fortuna Crítica), p. 180.
10. MACHADO, A. M. *Recado do Nome: Leitura de Guimarães Rosa à Luz do Nome de seus Personagens*, p. 44.
11. *Idem*, p. 41.

Neste caso, *nome* pode ser entendido como qualquer vocábulo passível de decifração.

Em Borges, não se cria um repertório lingüístico, tendo-se por princípio a incidência de componentes imprevistos. Sua presença é bem marcada ao longo da escritura gauchesca, porém discreta ou nula quanto à que escapa desse limite. Todavia, contextualmente, a escassez mascara um criptograma, elaborado, por exemplo, a partir das alusões a obras apócrifas ou não, aos autores reais ou imaginados, e a qualidade hialina da linguagem em vez de esclarecer, elude, ao invés de precisar, ilude, no jogo simbólico, substrato sobre o qual repousa a efabulação. Mesmo assim, Borges fornece ao leitor indícios que permitem a resolução dos enigmas.

Se Borges põe em prática, nos textos gauchescos, o que preconiza nos ensaios sobre a linguagem, pressupostos quanto à criação da personagem por meio da "fala", e Rosa busca, na "fala", recursos para a evolução lingüística, não parece impróprio usar os recursos de um para revelar o outro.

O objetivo é radicalizar a linguagem traduzida até onde o texto resista para evidenciar o procedimento criador de Borges e, ao fazê-lo, o simples uso do repertório rosiano e a operação dos princípios básicos de sua poética trazem à tona semelhanças, o que se notará com o auxílio de exemplos. Como estratégia, foi preciso lançar mão de regionalismos próprios da variante dialetal gauchesca, existente em nossa língua, principalmente colhidos em Simões Lopes Neto, para traduzir fielmente a atmosfera que impregna o próprio corpo verbal escrito, porém de um modo tão sensível que parece fugir à captação nas traduções triviais.

"HOMBRES PELEARON" [12]

Esta es la relación de cómo se enfrentaron coraje en menesteres de cuchillo el Norte y el Sur. Hablo de cuando el arrabal, rosado de tapias, era también relampagueado de acero; de cuando las provocativas milongas levantaban en la punta el **nombre de un barrio**; de cuando las patrias

---

12. Transcreve-se aqui o texto que consta da coletânea *El Idioma de los Argentinos* (1928), porque o conto, não tendo sido republicado, é de difícil acesso para o leitor. Para facilitar a leitura, considerou-se este o local mais apropriado (grifos do autor).

chicas eran fervor. Hablo del noventa y seis o noventa y siete y el tiempo es caminata dura de desandar.

Nadie dijo arrabal en esos antaños. La zona circular de pobreza que no era *el centro*, era *las orillas:* palabra de orientación más despreciativa que topográfica. De las orillas, pues, y aun de las orillas del Sur fué El Chileno: peleador famoso de los Corrales, señor de la insolencia y del corte, guapo que detrás de una zafaduría para todos entraba en los bodegones y en los batuques; gloria de matarifes en fin. Le noticiaron que en Palermo había *un hombre*, uno que le decían El Mentao, y decidió buscarlo y pelearlo. Malevos de la Doce de Fierro fueron con él.

Salió de la otra punta de una noche húmeda. Atravesó la vía en Centro América y entró en un país de calle sin luz. Agarró la vereda; vió luna infame que atorraba en un hueco, vió casas de decente dormir. Fué por cuadras de cuadras. Ladridos tirantes se le abalanzaron para detenerlo desde unas quintas. Dobló hacia el Norte. Silbidos ralos y sin cara rondaron los tapiales negros; siguió. Pisó ladrillo y barro, orilló la Penitenciaria de muros tristes. Cien hamacados pasos más y arribó a una esquina embanderada de taitas y con su mucha luz de almacén, como si empezara a incendiarse por una punta. Era la de Cabello y Coronel Díaz: una parecita, el fracaso criollo de un sauce, el viento que mandaba en el callejón.

Entró duro al boliche. Encaró la barra nortera sin insolencia: a ellos no iba destinada su hazaña. Iba para Pedro el Mentao, tipo fuerte, en cuyo pecho se enanchaba la hombría y que orejeaba, entonces, los tres apretados naipes del truco.

Con humildad de forastero y mucho *señor*, El Chileno le preguntó por un medio flojo y flojo del todo que la tallaba; ¡vaya usté a saber con quienes¡ de guapo y que le decían El Mentao. El otro se paró y le dijo en seguida: Si quiere, lo vamos a buscar a la calle. Salieron con soberbia, sabiendo que era cosa de ver.

El duro malevaje los vió pelear. (Había una cortesía peligrosa entre los palermeros y los del Sur, un silencio en el que acechaban injurias.)

Las estrellas iban por derroteros eternos y una luna pobre y rendida tironeaba del cielo. Abajo, los cuchillos buscaron sendas de muerte. Un salto y la cara del Chileno fué disparatada por un hachazo y otro le empujó la muerte en el pecho. Sobre la tierra con blandura de cielo del callejón, se fué desangrando.

Murió sin lástimas. No sirve sino pa juntar moscas, dijo uno que, al final, lo palpó. Murió de pura patria; las guitarras varonas del bajo se alborozaron.

Así fué el entrevero de un cuchillo del Norte y otro del Sur. Dios sabrá su justificación: cuando el Juicio retumbe en las trompetas, oiremos de él.

(Dedicado a Sergio Piñero)

Tradução: "Homens Lutaram" [13]

Este é o relato de como se defrontaram à coragem (1) em misteres de faca o Norte e o Sul. Falo de quando o arrabalde, corado de taipas, era também coriscado de aços; de quando as provocadoras milongas tornavam afamado (2) o nome de uma querência; de quando os bandos com suas brigas faziam fervor (3). Falo de noventa e seis ou noventa e sete e o tempo é caminhada dura de desandar.

Ninguém se dizia do arrabalde nesses outroras. A zona circular de pobreza que não era o centro, era a das cercanias: palavra de orientação mais depreciativa que topográfica. Das cercanias, pois, e ainda mais, das margens do Sul (4) era O Chileno: briguento famoso dos Currais, senhor da insolência e do talho, cabra que empós duma bandalheira para todos entrava nas bodegas e nos banzés (5); glória de magarefes, no fim (6).

Informaram-no de que em Palermo tinha um valentão, um que nomeavam O Famado (7) e decidiu caçá-lo e pelejá-lo. Ferrabrases da "Doze de Ferro" (8) foram com ele.

Saiu da outra banda de uma noite úmida. Atravessou os trilhos em Centro-América e entrou numa região de ruas sem luz. Garrou a vereda; viu lua vagabunda que vagava num beco (9), viu casas de decente dormir. Foi por quadras de quadras (10). Ladridos amarrados se lhe arremessaram (11), querendo detê-lo de umas quintas. Virou em direção ao Norte. Assobios baixos e sem dono rondaram os taipais negros; seguiu. Pisou calçadas e barro, caminhou rente à Penitenciária de muros tristes. Cem gambeteados passos a mais (12) e chegou a uma esquina embandeirada de cabras-machos (13) e com sua muita luz de boliche (14), como se começasse a incendiar-se por

---

13. A numeração do corpo do texto não remete para notas de rodapé ou referências bibliográficas, mas para os comentários que virão a seguir.

um dos lados. Era a de Cabello e Coronel Díaz: pouca parede, um raquítico chorão nativo, o vento que imperava na azinhaga (15).

Entrou teso no boliche (16). Encarou o bando norteiro sem insolência: a eles não era destinada a sua gana. Era para Pedro, O Famado, tipo forte, cujo peito inchava de macheza e que negaceava, então, três naipes marcados do truco (17).

Com humildade de forasteiro e muito ar de fidalguia (18), O Chileno lhe perguntou por um meio-frouxo e frouxo-de-todo, que bancava — Vá você saber com quem!! — o macho e que nomeavam O Famado. O outro parou e disse de seguida: Se quer, a gente o vai buscar na rua. Saíram com soberba, sabendo que era coisa de se ver.

A dura malta os viu lutar. (Havia uma cortesia perigosa entre os palermenses e os do Sul, um silêncio em que se espreitavam injúrias.)

As estrelas iam pelos roteiros eternos e uma lua pobre e derreada as fustigava lá no céu (19). Abaixo, as facas buscaram sendas de morte. Um salto e a cara dO Chileno foi malbaratada por golpaço e outro lhe enfiou a morte no peito. Sobre a terra, com mansidão de céu da azinhaga se foi dessangrando (20).

Morreu sem lástimas. Não serve senão pra juntar moscas, disse um que, no final, o palpou. Morreu de pura patriotada: as guitarras berrentas do baixo se alvoroçaram.

Assim foi o entrevero de uma faca do Norte e outra do Sul. Deus saberá seu motivo: quando o Juízo retumbar nas trombetas, ouvi-lo-emos dele.

(Dedicado a Sergio Piñero)

Radiografia do Texto

(1) à coragem — o acento marca o adjunto adverbial = corajosamente ou por meio da coragem. A construção tenta recuperar o estranhamento sintático do original: "de cómo se enfrentaron coraje en (...)".
(2) "levantaban en la punta (...)" — As milongas provocavam ajuntamentos e brigas, onde o punhal falava alto e fazia a fama dos *malevos*. Liga-se à idéia anterior: local coriscado de aços, cenário dos *compadritos*.
(3) "un barrio" — Mais que termo designativo de local, trata-se de uma projeção afetiva sobre o plano objetivo da realidade. Em *El Idioma de Buenos Aires*,

José Edmundo Clemente explica a conotação do termo:

> El barrio es la vereda iluminada de nuestros primeros juegos, la esquina anochecida de la cita amorosa, el sitio de nuestras primeras ilusiones y tal vez, de nuestro primer desengano. El barrio es la cuadra de la infancia que se ha ensanchado en nuestro recuerdo. Cada uno lo dice conforme la medida de su lenguaje, pero siempre con totalidad de sua emoción [14].

O termo mais próximo que possuímos para sugerir a afetividade do original é *querência*, lugar onde animais e homens se acostumaram a viver, afeiçoando-se ao meio ambiente. Trata-se de um espanholismo, também usado por Guimarães Rosa, no ambiente do sertão.

Por outro lado, "las patrias chicas" são os bairros, onde se formam bandos "enfervorizados" pelo sentimento de amor ao rincão onde nasceram, o que gera a rivalidade entre o Norte e o Sul de Buenos Aires. Traduz-se os *bandos* (de forma metonímica) *fazim fervor*, conservando-se o último termo devido à sonoridade: FaZiam FerVor.

(4) *Orillas* e *orilleros* são termos que designam mais do que um local e seus habitantes. Essa região que envolve a cidade portenha, na época do relato, mais do que espaço no mundo, é um mundo que resume a condição humana do portenho. Ser *orillero* é uma condição cósmica e existencialmente assumida, embora signifique aceitar as conseqüências da marginalidade social que isso acarreta. Assim, usa-se para traduzir o termo: *margens* que tanto remete para a situação geográfica quanto social.

(5) "señor de la insolencia y del corte" — senhor do corte é metáfora para o homem que se fazia respeitar pelo uso das armas brancas. Conserva-se a imagem na tradução. *Zafaduria, batuques, guapo* são termos de forte tonalidade local. Nossa palavra "bandalheira" reproduz bem a idéia de *zafaduria* (argentinismo), que indica não somente desordem mas também desrespeito. *Batuques* são locais onde se dança e as brigas ocorrem sempre, a certa altura dos divertimentos, o que o nosso termo "banzé" (pop.) denota. *Guapo*, no texto, tem o sentido de

---

14. CLEMENTE, E. *Op. cit.*, p. 81.

valentão, briguento, exatamente o que se designa pelo brasileirismo "cabra" ou "cabra-macho".

(6) Usa-se "magarefes" para *matarifes,* porque o termo possui o significado de matador, aquele que esfola e carneia o gado. Há a aproximação entre o mundo rural, ainda ligado ao gado, que é o dos *orilleros,* e o mundo dos duelos, onde os homens são abatidos e carneados como as reses.

(7) "El Mentao" — Borges, seguindo a voz popular, usa a forma sincopada de MENTADO: MENTAO. Traduz-se no mesmo esquema = AFAMADO: FAMADO, com aférese vocálica, recuperando-se a mutação fonética.

(8) "Malevos de la Doce de Fierro" — Note-se a deturpação em MALEVOLOS: MALEVOS, fenômeno próprio da linguagem falada. Esta palavra traduz-se por "Ferrabrases" (de Ferrabrás, lembrando a personagem de uma canção de gesta do século XII) Recupera "Fierro" do nome do bando e é também colhida em Guimarães Rosa, com o sentido de pessoa cruel, e assim aparece na linguagem popular de certas regiões. Veja-se em *Grande Sertão: Veredas* — refere-se a Hermógenes, encarnação do mal: "Nem eu no achar mais que ele era o ferrabrás? O que parecia, era que assim estivesse o tempo todo produzindo alguma tramóia"[15]. (*Op. cit.* p. 179).

(9) "ATORRAR (de ATORRANTEAR)" — trata-se de termo lunfardo do domínio da linguagem afetiva, familiar. Borges elimina os artigos à procura da expressão tensa, rude, que realce o local. A tradução usa o recurso paronomástico: "Viu lua vagabunda que vagava..."

(10) "Fué por cuadras de cuadras (...)" — aparece a preposição *de,* quando se espera a copulativa *e,* mas o uso dela não daria a idéia do desdobramento dinâmico como o *de.* Entende-se que se trata de quadras imensas, que parecem intermináveis.

(11) "Ladridos tirantes se le abalanzaron (...)" — há, aí, a presença da hipálage, figura pela qual se atribui a certas palavras o que convém, pela lógica, a outras da mesma frase, às vezes, subentendidas. Ladridos subentende um sujeito (cães), substantivo implícito ao qual se atribui o adjetivo "tirantes" (amarrados). Esse tipo de construção, econômico, concentrado, deve permanecer, marca que é do que

se entende como período ultraísta do autor. Logo, usa-se "ladridos amarrados..." sem explicitar o substantivo.

(12) "Cien hamacados pasos..." — "Cem gambeteados passos...". Gambetear é o termo usado para denominar o movimento desordenado que faz um animal com o corpo para escapar do perseguidor. Usa-se para pessoas que costumam andar a cavalo gingam o corpo ao andar a pé.

(13) "esquina embanderada de taitas (...)": *taitas,* na linguagem popular, denomina o "hombre valente y audaz", logo, "embandeirada de cabras-machos" (bras.): termo popular que designa o homem que quer provar sua coragem por meio da força.

(14) "mucha luz de almacén (...)": *almacén* pode-se traduzir por boliche, de uso corrente no Sul para designar casa de comércio, onde se joga, se vendem bebidas, alimentos etc.

(15) "una parecita, el fracaso criollo de un sauce, el viento que mandaba en el callejón". A referência é de difícil compreensão, mesmo para o falante nativo. Cabello e Coronel Díaz são ruas de Palermo que formam esquina. *Parecita* é diminutivo de *pared* (*paredecita,* que sofreu síncope), forma popular. Parece ser o ponto de encontro dos *malevos* cuja força se deve à violência. O autor descreve o local e "el fracaso criollo de un sauce" parece referir-se à árvore que, na orla da cidade, perdeu a exuberância que tem no campo aberto, semelhantemente ao *gaucho* que também sofre mutações na cidade.

(16) Aqui o termo *boliche* aparece no original. É de uso corrente na literatura gauchesca brasileira, como consta do vocabulário da coletânea de contos gauchescos *Entrevero,* escritos por vários autores brasileiros e do glossário de Aurélio Buarque de Hollanda, constante da coletânea de *Contos Gauchescos* e *Lendas do Sul,* por J. Simões L. Neto.

(17) "que orejeaba, entonces, los tres apretados naipes del truco": *Orejear* (pop.). "Brujulear, resbalar suavemente el jugador, uno atrás otro, moviéndolos por la punta, los naipes que le han dado, para descubrir el palo y número de los que están detrás del que se ve". (Gobello, p. 150). *Orejar* — "En el juego de naipes, tratar de ver las cartas del contrário" (Coluccio, p. 86). *Apretar* (Leng. Del.) Saltear. Trata-se

portanto, de uma personagem que trapaceia no jogo. Temos *negacear* = enganar, iludir, fingir. Pode-se supor que a personagem jogue com cartas marcadas (*apretados*), o que também poderia significar perigoso, arriscado: "os três naipes arriscados".

(18) "y mucho *señor* (...)" grifado o *señor*, no texto, sugere-se a ironia: num marginal a altivez do senhor, do homem de bem. Daí, o ar de fidalguia, a própria palavra, referente a fidalgo sendo usada de forma pejorativa.

(19) "y una luna pobre y rendida tironeaba del cielo" — Certamente, uma lua pobre e derreada por já estar no fim da noite. A metáfora permite interpretações que podem resultar em variantes tradutórias. No próprio dicionário os termos *tironear* e *sofrenar* são dados como sinônimos, quando são antônimos. Veja-se:

tironear (do esp. platino). Bras. RS. Dar puxão ou tirão nas rédeas de (o cavalo) para o incitar (*Dicionário Aurélio*).

tironear (pop.) dar puxões no laço, quando a rês nele está presa. Puxar pela rédea o cavalo para que obedeça; sofrenar (*Glossário*, Aurélio B. de Hollanda. *Op. cit.* p. 406).

Sofrenar (do esp. plat.) RS. Sofrear (o cavalo) para fazê-lo parar ou recuar (Aurélio). A contradição já ocorre no dicionário, porém é óbvio que *sofrenar* (lat. *sub+frenare*) não pode ser sinônimo de *tironear*.

De qualquer forma, pode entender a personificação:

1 — a lua como "vaqueana" incitava as estrelas (como se fossem um rebanho). Neste caso, a tradução seria: As estrelas iam pelos roteiros eternos e uma lua pobre e derreada fustigava-as lá no céu. (Como os homens faziam cá embaixo, porque a lua, como eles, era infame, o que se vê no início do texto.)

2 — Por outro lado, pode-se entender que a lua tenta impedir o desfecho, sem consegui-lo, pobre e derreada que é: As estrelas iam pelos roteiros eternos e uma lua (...) os sofreava do céu.

Como roteiros possui conotação de caminhos e a idéia é arquétipo (os astros como rebanhos vêm da mitologia grega), opta-se pela primeira hipótese.

(20) "con blandura de cielo del callejón (...)" — para a tradução de *callejón*, optou-se por azinhaga, caminho estreito e comprido, entre paredes, casas ou elevações do terreno. O céu, visto por entre as paredes, parece mais íntimo e daí a imagem: com a mansidão de céu da azinhaga.

* * *

A Palavra Pensada como Meio e a
Palavra Sentida como Efeito

> O que eu sempre vi, é que toda ação principia mesmo é por uma palavra pensada. Palavra pegante, dada ou guardada que vai rompendo rumo.
>
> (GS:V. — 170)

A estrutura esquelética do conto traduzido ("Hombres Pelearon") bem mostra o esboço que ele é. Não há senão o essencial, numa narrativa quase telegráfica, embrião dos relatos posteriores. Aí Borges se inicia como contador de casos. Segundo ele, é

uma experiência de valor duvidoso, minha primeira aventura na mitologia da Velha Zona Norte de Buenos Aires. Nela, tentava contar uma estória puramente argentina à moda argentina [15].

Essa tentativa de escrever à moda argentina é responsável pelos 'pecados literários' que Borges diz ter cometido, tais como os arabescos de linguagem, as expressões locais, "uma busca do inesperado e um estilo do século XVIII".

O inesperado impera, quando o autor opera na linha lexical, e o texto apresenta dificuldades para o tradutor devido a certas alusões de caráter tão regional que se hermetizam até mesmo para o falante nativo. Esbanja-se a terminologia popular como: *orillas, batuques, malevos, atorraba, taitas, boliche, orejeaba, apretados, truco, hachazo, tironeaba,* entre outros. Borges usa poucos lunfardismos e os que surgem se empregam correntemente na linguagem familiar. Diz Barrenechea que

Lo más importante es ver como Borges ha recurrido en ciertas épocas al uso deliberado de los americanismos como re-

---

15. *Perfis — um Ensaio Autobiográfico*, pp. 94-95.

fuerzo del ambiente que deseaba evocar, o los ha utilizado fuera de su órbita propia con intenciones estilísticas de contraste [16].

Isso fica bastante evidente no esboço que ora se comenta e nos próximos textos, objeto de estudo. Exemplo do que a autora afirma se encontra aqui, nas imagens relativas à lua, ligada a termos regionais capazes de alterar o seu significado convencional. Parece que o "achado" estilístico agradou, na época, ao autor. Veja-se: "Vió luna infame que atorraba en un hueco, vió casas de decente dormir"; esta imagem ligar-se-á à do final: "Las estrellas iban por derroteros eternos y una luna pobre y rendida tironeaba del cielo". A sordidez e a desolação do ambiente contaminam a lua [17], personificada, opondo-se à respeitabilidade de "casas de decente dormir", onde sobressai a hipálage: *decente* refere-se às pessoas, termo subentendido, que dormem decentemente; há notável efeito nessa construção, pois se pode desenvolver a oração reduzida (dormir = que dormem), tendo-se dupla adjetivação para o termo implícito: pessoas — decente e a oração reduzida adjetiva. A economia cria o estranhamento que deve ser conservado na tradução. Semanticamente, sobrevém a antítese entre os duplos modificadores de "casas" e os de "lua". Para a primeira, uma atmosfera de honestidade, de respeito às convenções, contrapondo-se à atmosfera que envolve a segunda — a lua é infame, como os andarilhos da noite, os fora-da-lei. E, como eles, é miserável e pobre. Pode-se entender o fato como negativa de endossar o convencional (e romântico) halo poético do astro, pois a poeticidade não estará no conteúdo, mas na forma como esse conteúdo se manifesta como linguagem [18].

A adjetivação merece, em Borges (ao longo de todo

16. *Op. cit.*, p. 223.
17. Ana M. Barrenechea ilustra o fato com os primeiros versos de "El General Quiroga va en coche al muere" (*Poemas*): "El madrejón desnudo ya sin una sé de agua
ya la luna atorrando por el frío del alba
ya el campo muerto de hambre, pobre como una araña" (p. 87).
Segundo a autora: "Atorrando acentúa las notas de sordidez e desolación que la estrofa acumula como escenario para la miserable muerte de Quiroga (...) Altera irrespetuosamente la tradicional auréola poética de la luna y ahonda la impresión de soledad, también sugerida por ese vagar en "el frío del alba (...)" (*Op. cit.*, pp. 223-224).
18. O traço de infâmia que a lua parece herdar dos homens, ou do qual se contamina, aparece, novamente, no relato "La Forma de la Espada", onde a marca em meia-lua na face de John Vincent *Moon* é índice de seu caráter infame.

o texto), um exame cuidadoso, visto que, por meio dela e também dos advérbios (adjetivadores de termos), caracteriza o ambiente e as personagens de forma precisa. A coordenação dos adjetivos duplos é pormenor que o identifica, todavia esse hábito não compromete o equilíbrio do conjunto, antes, confere-lhe toque mágico pela feliz combinação entre os termos determinantes e os determinados. No presente texto, veja-se: "Silbidos ralos y sin cara"; "uno medio flojo y flojo del todo"; (acentua-se aqui a locução adjetiva para a qual, na transposição, se usou um adjetivo composto). De forma cromática, alguns sintagmas assumem tonalidades novas, como a construção formada com adjetivo + preposição + verbo no infinitivo: "caminata dura de desandar", onde está implícita a voz passiva: caminhada dura de ser desandada ou de retroagir. Note-se a expressão "mucho señor" em: "El Chileno preguntó con humildad de forastero y mucho *señor*" (foi desfeita a ordem indireta do original); a expressão pode ser entendida como locução adverbial: de forma senhoril, estabelecendo-se o contraste semântico com a locução à que está coordenada: com humildade, mas com altivez, dando-se ares fidalgos.

Os procedimentos lingüísticos apontados intensificam-se e serão revisados no texto seguinte "Hombre de la Esquina Rosada", onde se desenvolve este embrião. Aqui, a economia é fundamental, mas nem por isso (ou, talvez por isso sobressaiam) as singularidades deixam de ser notáveis.

Um princípio elementar da linguagem oral é a lei do mínimo esforço, responsável pela maior parte dos truncamentos fonéticos e dos desvios sintáticos que passarão a contaminar a variante escrita. A comunicação oral tende a subtrair, por um lado, e, por outro, incha a expressão para, enfatizando-a, reforçar a idéia a ser transmitida. Borges recupera essas variações da fala, como já se apontou em vocábulos como MENTAO, MALEVO e PA (corruptela de para) em: "No sirve sino *pa* juntar moscas". Sintaticamente, observe-se o aspecto curioso de: "Hablo de cuando el arrabal...; de cuando las provocativas milongas...; de cuando las patrias chicas...". Uma única oração subordinada cumula dupla função em virtude da elipse: "cuando el arrabal..." subordina-se à idéia principal expressa por "Hablo de...", completando-lhe o sentido; passa a ter o valor do substantivo e da oração adjetiva que estão elípticos: "Hablo (del tiempo en que...) el arrabal..."; por outro lado, funciona como uma extravagante oração adjetiva indireta com valor temporal, pois se subentende: "Hablo del noventa y seis... cuando el arrabal...". Dentro da lógica da fala popular, que, em relação às normas gramaticais, constitui desvio, as elipses se compensam pelo acréscimo, em outras construções, como ocorre em: "De las orillas, pues, y *aun* de las orillas del Sur". O advérbio não é gramaticalmente necessário, mas é usado como recurso enfático que ressalta a intenção: às *orillas*, região mal-afamada, pertencia o Chileno; sendo *orillero* já se espera a manifestação de caráter belicoso, mas, além disso, era das "orillas del Sur". Devido à ênfase do *ainda* é de se crer que a essa região pertenciam tipos ainda mais perigosos.

De acordo com o que já se comentou, Guimarães Rosa vai de cântaro às mesmas fontes estilísticas. Inspira-se na variente oral da língua e tira daí matéria-prima para a linguagem literária, do que o seguinte trecho é exemplo:

> Mais em paz, comigo mais, Diadorim foi me desinfluindo. Ao que eu ainda não tinha prazo para entender o uso, que eu desconfiava de minha boca e da água e do copo, e que não sei em que mundo-de-lua eu entrava minhas idéias (...) Que, eu mais uns dias esperasse, e ia ver o ganho do sol nascer. Que eu não entendia de amizades, no sistema de jagunços [19].

Há dois pontos a destacar: as elipses e as pausas. O autor segue, na escritura, a mesma linha melódica da fala; a pontuação não separa segmentos sintáticos independentes; logo, deve ser estudada de acordo com a prosódia.

Os sinais gráficos indicam pausas numa série fônica, cuja extensão, conforme o discurso, pode variar. Essas interrupções fonatórias servem para facilitar a elaboração mental e a compreensão do interlocutor; para imprimir o ritmo próprio da língua e ainda para que se possa respirar. Não há correspondência entre os vocábulos gráficos e os fonológicos, logo, as pausas, na fonação, não coincidem com as da escritura, a não ser quando esta é lida. Portanto, ao se reproduzir a fala, os sinais gráficos, representativos de pausas, seguirão parâmetros a-sintáticos.

Não constitui novidade a presença de uma variante "caipira", constituída pelos falares sertanejos, na nossa língua. Essa variante trai influência afro-indígena não apenas na fonética, mas também na sintaxe e, até muito pronunciada, no léxico. Guimarães Rosa aproveitou esse

---

19. *Grande Sertão: Veredas*, p. 138.

filão, ao produzir uma "quase" transcrição da linguagem do mineiro das gerais. Mas, se é possível encontrar o ritmo prosódico pausado (a "fala descansada") ali, como o próprio Riobaldo diz: "O senhor mal conhece essa gente sertaneja. Em tudo, eles gostam de alguma demora" (p. 199), esse é apenas um aspecto do material volátil que se tem em mãos. Os aspectos recriados são tantos que, dificilmente, se pode fixá-los para descrevê-los em todos os componentes.

Na recriação da fala, nota-se a presença da nasalidade, elemento prosódico do sertanejo. É representado por meio da seleção de vocábulos que possuam sons nasais, o que vai conferir ao todo a nasalação característica. Para verificá-lo, basta avaliar a incidência do fenômeno no trecho citado anteriormente: "Mais eM paz, coMigo Mais, DiadoriM foi Me desiNfluiNdo. Ao que eu aiNda NÃO tinha prazo para eNteNder..."[20].

Do ponto de vista sintático, ocorre a elipse, no início, do verbo: "Diadorim foi me desinfluindo. Ao (dizer) que ainda..."; constitui-se num desvio da norma gramatical. Seguem-se orações subordinadas e advém o ponto, após o que surge: "Que, eu mais uns dias esperasse..." e depois: "Que eu não entendia...". Ocorre, nestes casos, a elipse já agora da oração principal: "(Ao dizer) que...". Por outro lado, encontra-se elíptica a preposição em: "eu entrava (com) minhas idéias...".

Outra forma de recuperar a fala está no uso da coordenação estabelecida pela copulativa *e*, seja para ligar orações ou nomes. Com ela, suspende-se a elocução, aumenta-se a pausa, havendo mais tempo para que o pensamento se complete. Recurso também utilizado por Borges, de presença marcante, no próximo texto a ser examinado.

Sob o nome de estilo, forma-se uma linguagem autárquica que mergulha na mitologia pessoal do autor, nessa hipofísica da fala, onde se forma o primeiro par das palavras e das coisas, onde se instalam uma vez por todas os grandes temas verbais de sua existência (...), ele (o estilo) é "coisa" do escritor, seu esplendor e sua prisão, sua solidão [21].

20. Na análise da linguagem alencariana (de Iracema), Haroldo de Campos frisa a influência tupinizante como "dispositivo estético" e ratifica o que diz Proença:
"E algumas das virtudes da língua tupi se transmitem ao idioma dos civilizados, principalmente a suavidade prosódica, como vogais descansadas e lentas, alheias aos empurrões das consoantes" (*Op. cit.*, p. 3).
21. BARTHES, R. *Novos Ensaios Críticos — O Grau Zero da Escritura*, p. 122.

Essa "coisa" do escritor pode indicar sua procura e seu achado dos "grandes temas verbais de sua existência", compreendidos como realização a nível intrínseco nos campos secretos de sua personalidade. No texto de Borges, nota-se o processo experimental da busca do expressar-se única e pessoalmente, ou da "(...) equação entre a intenção literária e a estrutura carnal do autor" [22]. Reflete-se em construções como: "Esta es relación de cómo se enfrentaron coraje en menesteres...". Suprime-se uma preposição (*con*) *coraje*, fato que estabelece a desordem sintática. Esta falta de conexão entre o verbo e um termo que o modifique, quando a presença do nexo omitido é fundamental, provoca ambigüidade e surpresa, que induzem o leitor para o exame e a reflexão, aumentando o nível informativo da mensagem. Na tradução, tais usos não podem ser escamoteados sob pena de se perder a marca autoral, a tentativa de captar, por meio da linguagem, uma realidade estranha a ela — a do mundo exterior, a que pertence o povo — e outra inerente a ela: a expressividade.

A conotação afetiva não se identifica pela igualdade de transposição da fala, tal como é, mas pela diferença, no recriá-la com intenção deliberada, visando a certa impressão que se quer re-produzir. Por isso, tanto em Borges, quanto em Guimarães Rosa, a linguagem literária é "quase" uma transcrição da fala, mas, sem dúvida, é sua "transcriação" (e assim impõe-se traduzi-la).

Tradução: "Homem da Esquina Rosada" [23]

Logo a mim, me vir falar do finado Francisco Real. Foi meu conhecido, mesmo não sendo cá desses pagos (1), porque ele falava grosso era lá pelo Norte, pelas bandas da lagoa de Guadalupe e de Bateria. Não topei com ele a não ser três vezes e isso numa mesma noite, porém nunca esquecível, porque trouxe consigo, sem quê, a Lujanera para dormir no meu rancho e Rosendo Juárez largou

22. *Idem*, p. 123.
23. Trabalha-se aqui com dois textos originais do conto "Hombre de la Esquina Rosada": a publicação da *Nueva Antología Personal* (1967) e das *Obras Completas* (1974), que apresentam diferenças textuais. As diferenças, algumas vezes relevantes, possibilitam variações tradutórias que constarão nos comentários posteriores, para os quais a numeração no corpo do texto remete.

para sempre o Arroio. O senhor, é claro, não sabe quem era dono desse nome, mas Rosendo Juárez, o Brigão (2), era dos que faziam o pessoal andar manso na Vila Santa Rita. Moço achado bom de faca (3), era do bando de Nicolas Paredes que era um dos homens de Morel. Vinha todo almofadinha à tabulagem, num pingo escuro (4), aperado de pratas; homens e cães o respeitavam e as chinas também; ninguém ignorava seu saldo de duas mortes; sobre a melena tratada (5), um chapéu alto, de aba fina; como se diz, era afilhado da sorte. A moçada do lugar imitávamos até seu cuspir (6). Porém, uma noite nos declarou sua real condição de Rosendo.

Parece caso, mas a história dessa noite estranhíssima inicia com um carroção atrevido, de rodas coloridas (7), saturado de homens, que vinha aos bole-sacode pelas azinhagas de terra socada, por entre os fornos da olaria e os buracos, e com os dois de preto a guitarrear e adoidar, e o da boléia a fustigar os cães soltos que atravessavam ante o cavalo, e um camarada emponchado que ia silencioso no meio e o tal era o Curraleiro, de nomeada, e o homem vinha para a peleja e a matança. A noite era bênção de frescura; dois deles iam sobre o toldo arriado como se a solidão desfilasse corso. Essa folgança foi o primeiro suceder havido, mas só depois o soubemos. A moçada estávamos de antecipado no salão da Júlia, um galpão de chapas de zinco, entre a estrada de Gaona e Maldonado. Era um lugar que o senhor entrevia desde logo pela luz assanhada da lanterna que alumiava o arredor e pelo alvoroço. A Júlia, embora de humilde cor, era fina no trato, tanto que músicos, boas bebedeiras (8) e companheiras resistentes pra dançar sempre tinha por lá. Porém a Lujanera, mulher do Rosendo, punha a todas no chinelo. Morreu, senhor, e confesso que há anos em que nem penso nela, mas tinha que ver naquele tempo, com aqueles olhos. Era vê-la e ficar acordado.

A caninha, a milonga, o mulherio, um palavrão amigável da boca de Rosendo, uma palmada sua no queixo, que eu tratava de considerar amistosa: o caso é que eu estava feliz. A mim, coube uma parceira jeitosa que adivinhava meu querer. O tango mandava na gente e nos arrastava e nos perdia e nos ordenava e nos tornava a encontrar. Nesse bem-bom estavam os homens, até virava sonho, quando sem mais nem menos a música parece que cresceu (9), entreverada pela dos guitarristas do carroção, cada vez mais pertozinho. Depois a brisa que a trouxe foi

113

para outra banda e atentei para o meu corpo e o de minha parceira e para o alvoroço da festança. Um tempo mais tarde, bateram na porta com arrogância, uma golpeada e uma voz. Seguiu-se silêncio geral, uma peitada violenta na porta e o homem estava dentro. O homem era talzinho a voz.

Para nós, não era ainda Francisco Real, mas um camarada alto, encorpado, todo de negro, um cachecol cor de cavalo baio, atirado no ombro. Da cara me alembro que era indiada e angulosa.

Levei um tranco da porta que se abriu. Só por toleima fui para cima dele e acertei-lhe uma canhota nas ventas (10), enquanto com a direita agarrava a faca afiada que me acompanhava na cava do jaleco, junto ao sovaco esquerdo. Pouco durou meu entusiasmo. O homem para se firmar, esticou os braços e me pôs de lado, como quem se desembaraça de um pespego. Fiquei agachado lá atrás, ainda com a mão debaixo do jaleco, na arma imprestável. Foi em frente como se nada tivesse havido. Seguia, sempre mais alto que qualquer dos que ia desapartando, sempre como cego. Os primeiros — a italianagem curiosa (11) — abriram-se em leque, apurados. A coisa não deu para o gasto. No grupo a seguir, lá estava o Inglês a sua espera e antes de sentir no ombro a mão do forasteiro, lhe deu uma chapada, saída de pronto (12). Foi ver a chapada e todos lhe caíram na pele. O salão tinha uma lonjura de fundo e ele foi arrastado como um Cristo, quase de ponta a ponta, debaixo de sopapos, apupos e cusparadas. Primeiro lhe sentaram a lenha, depois, ao ver que nem desviava dos safanões, o acarinharam com bofetadas de mão aberta ou com as franjas inofensivas das chalinas, escarnecendo. Na certa, estava reservado pro Rosendo, que não se tinha mexido da parede do fundo, onde se tinha encostado, em silêncio. Pitava agoniado seu cigarro (13), como na suspeita do que para nós ficou claro depois. Firme e ensangüentado, o Curraleiro foi empurrado até ele pelo vento da pífia sarandalha, soprando da retaguarda. Resfolegando (14), chicoteado, cuspido só falou cara a cara com Rosendo. Aí, passou o braço no rosto, alimpando, olhou-o de frente e disse assim:

— Eu sou Francisco Real, um homem do Norte. Eu sou Francisco Real, nomeado o Curraleiro. Deixei que estes infelizes me botassem a mão, porque o que estou procurando é um homem. Corre por aí falaço que nesses rincões há um que tem fumaças de ser bom de faca e ter pêlos nas ventas e que nomeiam o Brigão. Quero achá-lo para que me ensine, a mim que sou um nadinha, o que é ser de coragem e de olho vivo.

Dito isso não lhe despregou os olhos de cima. Agora, alumiava a faca na sua mão direita e que (15), na certa, tinha vindo na manga. No ao redor, abriram clareira os que tinham empurrado e todos atentávamos nos dois, num silêncio de sepulcro. Até a beiçaria do mulato cego, tocador de violino, caiu entreaberta.

Nisso, escutei um mexe-que-remexe lá atrás e me vêm à vista seis ou sete homens, o que seria a turma do Curraleiro. O mais velho, homem amatutado, curtido, de bigodes grisalhando, se adiantou e ficou alumbrado com tanto mulherio e tanto clarume, deschapelando-se com respeito. Os outros aguardavam, a ponto de atalhar, se no jogo houvesse manha.

Que se passava com Rosendo que não punha às carreiras aquele bravateiro? Permanecia calado sem alçar-lhe os olhos. O cigarro não sei se o cuspiu ou se lhe caiu da boca. Por fim pôde engrolar umas palavras, tão entredentes que aos da outra banda do salão não alcançou o falado. Tornou Francisco Real a provocá-lo, e ele nada. Daí o mais jovem dos forasteiros assobiou. A Lujanera lhe lançou um olhar de desprezo e abriu passagem, com a trança nas costas, entre o carreirame e as chinas (16), rumo a seu homem. Meteu-lhe a mão ao peito, donde sacou a faca desembainhada, que lhe deu com essas palavras:

— Rosendo, é disto que você está carecendo.

Quase no teto, havia um tipo de janela rasgada de face para o riacho. Com ambas as mãos, Rosendo tomou a faca e a fitou como desconhecida. Empinou-se de súbito para trás e a faca avoou direta, indo perder-se, lá fora, no Maldonado. Senti um arrepio.

— Não te carneio de asco, disse o outro e alçou, para bater-lhe, a mão. Dá que a Lujanera se achega, volteia-lhe com os braços o pescoço e fitando-o com aqueles olhos lhe diz com raiva:

— Larga isso aí, que nos fez acreditar ser homem.

Francisco Real, perplexo um átimo, logo a abraçou como se para sempre e gritou aos músicos que mandassem tango e milonga e aos demais da festança que toca a dançar. A milonga lambeu como incêndio de lá para cá. Real dançava compenetrado, mas sem alarde, que estava empossado da mulher. Ao ganharem a porta, gritou:

— Abram passagem, senhores, que esta ninguém tasca (17).

Dito isso, saíram, cabeça uma na outra, na enxurrada do tango, como que perdidos no arrastão.

Devo ter ruborecido de vergonha. Revolteei com alguma mulher e a larguei de chofre. Disse que era o calor e a apertura e fui deslizando pela parede até sair. Bela a noite, para quem? Na curva da azinhaga, estava o carroção, com as guitarras parceiras, direitas no assento como gente, bem comportadinhas. Me doeu o descuido delas assim como se nem para afanar guitarras prestássemos (18). Deu até coragem de pensar que a gente não passava de coisinhas à-toa. Um safanão no cravo atrás da orelha jogou-o numa pocinha e fiquei um relance olhando, sem querer pensar coisa nenhuma. Queria já estar no dia seguinte, safado de vez dessa noite. Nisso, levei uma cotovelada, quase alívio. Era o Rosendo que se raspava sozinho do povarejo (19).

— Sempre estorvando, fedelho — resmungou ao passar, não sei se por desabafo ou alheio ao resto. Garrou o lado mais escuro do Maldonado e não tornei a pôr os olhos nele.

Me detive a olhar as coisas de toda a vida — céu que se entrevastava, córrego que se emperrava sozinho ali embaixo, cavalo dormindo, azinhaga de terra, os fornos — e pensei ser somente saramago (20) desses rincões, criado entre as flores do charco e as ossamentas. Que sairia desse monturo exceto nós mesmos, bramantes mas brandos para o castigo, na boca valentes, tão só nada mais? Senti depois, que nada, que o povarejo quanto mais soquejado (21) mais tem que ser cabra-macho. Monturo? A milonga a malucar, borborinhava a dentro das casas (22), e trazia odor de madressilvas o vento. Inutilmente bela a noite (23). Tanta estrela que se mareava ao fitá-las, umas em cima das outras. Eu forcejava a nada ter com o caso, mas a covardia de Rosendo e a coragem irritante do forasteiro não me largavam. Até mulher nessa noite não faltava para o homem alto. Para essa noite e para muitas, pensei, e talvez para todas, porque a Lujanera era caso sério. Só Deus sabia que lado tomaram. Longe é que não haviam de estar. Quem sabe até já se estavam agarrando em qualquer vala (24).

Quando dei por mim, o arrasta-pé ia animado como se não tivesse havido nada.

Passando de fininho, juntei-me ao gentaraço e vi que alguns dos nossos haviam azulado e que os do Norte tangueavam com os demais. Cotoveladas e empurrões nenhuns, mas cuidado e decência. A música parecia dorminhoca e as mulheres que dançavam com os do Norte nem tugiam (25).

Eu estava no aguardo de algo, mas não do que veio.

Fora, ouvimos choro de mulher e depois a voz sabida, mas calma, quase em demasiado, como voz de ninguém (26), dizendo:

— Entra, minha filha, — e mais choro. E logo a voz como que desesperando:

— Abre, te digo, abre guincha velhaca (27), abre, cadela.

Nisso se abriu, trêmula, a porta e sozinha entrou a Lujanera. Entrou dirigida, como que empurrada por alguém.

— Vem a mando de alma penada — disse o Inglês.

— Um morto, amigo, foi o dito do Curraleiro. O rosto era de bêbado. Entrou e na cancha que lhe abrimos todos (28), como antes, deu uns passos atontados — como no vazio — e bateu no chão de vez, talequal poste. Um dos que vieram com ele, colocou-o de costas e lhe acomodou o ponchinho a jeito de travesseiro. Manobra que o sujou de sangue. Se viu, então, ferida jorrante no peito; o sangue enxarcava e enegrecia a manta encarnada (29), antes despercebida debaixo da chalina. Como primeiro socorro, uma das mulheres trouxe pinga e trapos queimados. O homem não estava para dar conta. A Lujanera olhava-o como perdida, os braços dependurados. Todos tinham perguntas estampadas na cara e por fim ela pôde falar. Disse que no após sair com o Curraleiro, estavam num campinho e eis que surgiu um desconhecido, feito desesperado, instigando para a peleja e lhe enfiou no homem uma punhalada e que ela jurava não saber quem fosse e que não era o Rosendo. Quem podia acreditá-la?

O homem morria aos nossos pés. Pensei não ter tremido o pulso àquele que o despachou. Mas o homem era duro. Quando arriou, a Júlia cevava uns mates e o chimarrão circunvagou e voltou a minha mão antes do seu falecimento. "Tapem minha cara", disse baixo, quando não pôde mais. Só lhe restava o orgulho e não ia querer que lhe coscuvilhassem espasmos de agonia. Em cima dele alguém botou o chapéu negro, de copa altíssima. Morreu ali debaixo, sem um manifesto. Quando o peito deitado paralisou, o povo se animou a descobri-lo. Tinha o ar afadigado dos defuntos; era dos homens de mais coragem que pisaram por ali, da Bateria até o Sul; quando o mirei morto e sem fala, lhe perdi o ódio.

— Para morrer não precisa mais que estar vivo, disse uma do gentaraço e outra, pensativa, observou:

— Tanta soberba do homem e não serve mais que pra juntar moscas.

Vai que os do Norte começaram os cochichos e dois, a um só tempo, repetiram a bom som:

— A mulher que matou.

Um lhe sapecou, na cara, pergunta se tinha sido ela e todos em seu torno se juntaram. Esquecido que carecia ser prudente me intrometi como um raio. Atoleimado, quase saco a faca (30). Me senti olhado por muitos, para não dizer todos.

Disse dissimulado:

— Espiem as mãos dessa mulher. Há de ter pulso ou coração para apunhalar?

Acresci, meio com bazófia, fazendo de cabra-macho:

— Quem diria que o finado, de tanta nomeada como bravo lá pelos pagos dele, fosse acabar dessa maneira besta num lugarejo destes onde nada sucede a não ser quando arriba um sujeito de além para distrair a gente e acaba virando pasto?

Ninguém queria esquentar o lombo.

Eis que corta o silêncio ruído de cavalgadura. Era a polícia. Uns por mais, outros por menos, todos tinham motivo para não querer esse trato, tanto que acharam melhor mandar o morto pro riacho. O senhor lembra daquela alargada janela por onde brilhou num vôo o punhal. Foi por ali que despejaram o homem de negro. Os que estavam o levantaram e quanto centavo e quantos caramiguás (31) tinha arrancaram as mãos daqueles e um lhe cortou um dedo para surripiar o anel. Aproveitadores, senhor, que a tal se lançavam num pobre defunto indefeso depois que outro mais homem o reduziu a isso. Um puxão e a água torrentosa e paciente o levou. Para que não boiasse, acho, lhe arrancaram as vísceras, mas não sei, que preferi não pôr olhos. O de bigode grisalhado não me descolava da vista. A Lujanera aproveitou o estafaréu (32) para escapulir.

Quando chegaram os da lei, vistoriando, o arrasta-pé estava esquentado. O cego do violino pespegava umas habaneras dessas que não se escutam mais. Fora queria clariar.

Uns postes de nhanduba, na lomba, pareciam soltos, pois o aramado tênue nessa hora não se deixava divisar.

Me fui tranqüilo para meu rancho, a umas três quadras. Na janela faiscava uma luzinha, apagada de seguir. Tratei de apurar o passo, quando dei conta. Então, Borges, tornei a sacar a faca afiada e curta que anda cá no jaleco, junto ao sovaco esquerdo, passei demorada vista e estava como nova, inocente, e já nem se via ali restinho de sangue nenhum.

Radiografia do Texto

(1) *Pagos* (reg.) termo usado no RS como sinônimo de rincão, terra natal. Registrado no glossário citado (p. 393). Usa-se para traduzir *barrios*, cuja conotação o nosso termo "bairro" não possui.

(2) O sentido do texto leva a traduzir "El Pegador" por "o Brigão", aquele que provoca rixas, usa o punho armado.

(3) "Mozo acreditao pal cuchillo y era..."* (NAP).
"Mozo acreditao para el cuchillo..." (OC).
Como se pode notar, no primeiro texto há maior proximidade com a forma gauchesca, deturpada, própria do falante, o que justifica a construção: "Moço achado bom de faca..." (via G. Rosa), que procura recuperar a economia do original: (que era) achado ou considerado...

(4) "Sabía llegar de lo más rumboso a la timba, en un oscuro, con las..."* (NAP).
"Sabía llegar de lo más paquete al quilombo, en un oscuro..." (OC).
Rumboso (adj. fam.) pomposo, faustoso *(Almoyna, p. 1206).*
Paquete (pop.) "elegante, vestido con esmero" (GOBELLO, p. 157).
Timba (pop.) "lugar en el que se practica el juego de azar (GOBELLO, p. 208). Antro de jogo, tabu-

---

* O asterisco indica as variações entre o texto da *Nueva Antología Personal* (1967) e o das *Obras Completas* (1974) para os quais se usam as seguintes abreviaturas: (NAP) e (OC) até o final dos comentários.

lagem (ALMOYA, p. 1321). Ambas as construções possuem semelhante significado.
Usam-se os termos: *pingo (cavalo)* e *aperado* (encilhado com esmero) por serem correntes no RS.
(5) "Sobre la melena cuidada..." (NAP).
"... la melena grasienta..." (OC).
Grasienta — oleosa, gordurosa (certamente os cabelos eram tratados com óleo), por isso traduz-se: "cuidada" que engloba as duas variantes.
(6) "Los mozos del lugar le copiábamos..."* (NAP)
"... de la villa le copiábamos..." (OC)
Traduz-se de acordo com a primeira construção.
(7) "ruedas coloradas...". Embora *coloradas* seja vermelhas, prefere-se a forma *coloridas*, devido à seqüência sonora: rodas / coloridas / saturado...
(8) "güen beberaje y compañeras..." — *güen* e *buen* são sinônimos gauchescos para *bueno*, sendo a segunda a forma apocopada. Traduz-se por: boas bebedeiras...
(9) "y era que ya se entreveraba con ella la de los..."
Entreverar — misturar desordenadamente. Temos entreverar e entrevero (reg. RS). "Nos combates, diz-se que há entrevero, quando os diversos beligerantes, no ardor da luta, se confundem, se misturam, sem obedecer ao comando (...)" (LOPES NETO, p. 380). Parece que cabe bem o regionalismo, que antecipa o vindouro.
(10) "le encajé la zurda en la cara..."* (NAP)
"... la zurda en la facha..."* (OC)
Facha (del. ital. — *faccia*) — fachada, cara. Usa-se o termo (pop. bras.) ventas, para a tradução.
(11) "puro italianaje mirón — se abrieron como abanico". Usa-se "italianagem" (via G.R.), tentando-se alguma semelhança de sonoridade com o original, impossível com o termo "italianada".
(12) "se le durmió con un planazo que tenía listo...".
Planazo — chapada, pancada ou bofetada em cheio.
(13) "con apuro" — rapidamente, nervosamente (agoniado).
(14) "Silbando..." — assobiando, silvando. No caso, parece haver a idéia da respiração sibilante, do resfolegar devido ao esforço, pois foi empurrado, surrado. Resfolegar parece captar essa idéia, mas poderia ser também "assobiando", já que se mantinha firme, apesar das pancadas, e talvez assobiasse em desafio,

por desplante. Veja-se a seguir: "Entonces, el más muchacho de los forasteros silbó". Idéia de desafio, desprezo.

(15) "Ahora le relucía el cuchillo en la mano..."* (NAP)
"... un cuchillón en la..." (OC)
Aqui, há uma variante para a tradução. No segundo texto, temos o aumentativo: facão ou facona. Caso se seguisse esta variante, traduzir-se-ia por: "baita faca", com o uso do adjetivo empregado no Sul.

(16) "Chinas..." (pop.) "muchacha / Mujer en general. En el leng. gauchesco tiene connotación afectiva. En el leng. gen. se reserva ahora para la muchacha o mujer en general de rasgos aindiados y tiene connotación despectiva. Del quechua china: criada doméstica" (GOBELLO, p. 64). Conserva-se o mesmo termo na tradução.

(17) "que la llevo dormida..." — como se fosse sonâmbula, conquistada. Traduz-se por expressão popular: "que esta ninguém tasca". *Tascar* — tirar um pedaço.

(18) "como si ni pa recoger changangos..." — *changangos* (pop.) "guitarras, dicho despectivamente" (GOBELLO, p. 60). Logo, procura-se traduzir por termo popular semelhante: *recoger* — afanar. A idéia do texto parece ser esta: imprestáveis até para furtar guitarras.

(19) "escurría solo del barrio..." — *barrio,* anteriormente, foi traduzido por "pagos". Aqui o sentido parece mais restrito. Como já se frisou, *barrio* referia-se às *orillas,* à vila, local entre o campo e a cidade. Santa Rita localizava-se na região oeste de Buenos Aires. Cria-se, para a tradução, um termo que reúne "povoado+lugarejo" (via G.R.), evitando-se o comprometimento conotativo de ambos, com relação à nossa realidade, assim como o de "bairro".

(20) "apenas otro yuyo de esas orillas..." — traduz-se *yuyo* por "saramago" que contém âmago, íntimo, e assim tenta-se recuperar *yuyo* que contém *yo* e é uma espécie de erva daninha.

(21) "el barrio cuanto más aporriao, más obligación de ser guapo..." — *aporriao* — forma deturpada de "APORREADO, p.p. de APORREAR — espancar con pau" (Almoyna, p. 67). Logo, socado, soquejado. Preferiu-se a última forma pela sonoridade:

povArEJO / soquEJADO. Note-se a elipse do verbo na construção do original, traço da fala.

(22) "déle loquiar y déle bochinchar en las casas..." — procura-se recuperar o efeito de *déle*, expressão gauchesca, com a construção esdrúxula: a dentro... e a onomatopéia: "bochinchar" com "borborinhava".

(23) "al ñudo..." — expressão portenha = inutilmente. "Es modismo que pasó del lenguaje campesino al urbano y alude a la dificultad de desatar el nudo" (Gobello, p. 18).

(24) "A lo mejor ya se estaban..." — loc. adv. fam. "com que se anuncia un hecho o dicho inesperado, y por lo común infausto o desagradable" (*Dicc. Manual de la Academia*, nota 28).

(25) "no decían esta boca es mía" — expressão que significa inteiramente caladas para a qual temos: sem tugir nem mugir.

(26) "como se ya no fuera de alguien..." — expressão negativa que se se traduz: "como voz de ninguém".

(27) "guacha arrastrada" — expressão insultuosa correspondente à "guincha" (pop. RS) = égua e (fig.) mulher despudorada. Arrastrada — velhaca, gatuna (Lopes Neto, p. 385).

(28) "y en la cancha que le abrimos todos" — abrir cancha, usado no Sul = dar passagem, espaço.

(29) "un lengue punzó" — *lengue* — "pañuelo, pieza cuadrada de lienzo, seda etc. para diversos usos" (Gobello, p. 120). Traduz-se por manta. *Punzó* = escarlate, vermelho vivo.

(30) "y me les atravesé como luz. De atolondrado, casi pelo el fyingo"... — atravessar: intrometer-se no assunto. *Fyingo* = "(pop.) cuchillo pequeño" (Gobello, p. 58). *Pelar* (pop.): "sacar, quitar o extraer una cosa del "interior de otra" (Gobello, p. 162).

(31) "y cuanta zoncera atenía..." — zoncera — caraminguás, coisa sem valor.

(32) "el apuro..." — estafaréu, usado por S. Lopes Neto, com o sentido de tumulto, agitação.

• • •

ESQUINA DO "GRANDE SERTÃO"

Como é possível notar pela tradução, o trabalho comparativo busca mais que o confronto entre dois fenômenos distintos, representados pelas obras dos autores destacados. A tradução é o aparelho projetor de um texto sobre o outro; ao ficarem superpostos, a zona de semelhança sobressai em alto-relevo. Esse resultado justifica-se em face dos discursos que se caracterizam pela opacidade — semelhança estrutural. São discursos em que se impõe a fisicalidade dos signos; neles, a significação da realidade que transmitem é precedida pela existência da significação como linguagem, pois a mensagem se volta para si mesma, para o seu vir-a-ser. Assim, a tradução vê-se diante de um objeto que, em prosa, apresenta marcas definitivamente poéticas. Como se nota, a rede particular de relações entre significante e significado e entre os próprios significados entre si, além das violações das normas que balizam o código da língua, aponta para o processo transfigurador do poema. Portanto, ao traduzir-se o texto estrangeiro, é preciso ter em mente que

(...) na tradução da poesia vige a lei da compensação: vale dizer, onde um efeito não pode ser exatamente obtido pelo tradutor em seu idioma, cumpre-lhe compensá-lo com outro; no lugar onde couber [24].

Para traduzir os efeitos, é fundamental conhecer as formas poéticas da própria língua e, neste caso, o texto rosiano funciona como excelente material de reconhecimento.

Não se lograria a superposição dos textos, caso as equivalências ocorressem apenas no âmbito estrutural da narrativa (ao nível da efabulação, por exemplo), ou as similaridades fossem fruto tão-somente do universo extralingüístico. Na verdade, tanto Borges quanto Guimarães Rosa revelam, nos traços expressivos da linguagem, dois mundos opostos em latitude, embora contíguos quanto ao meio e costumes. Se o regionalismo ou outro enfoque fosse a pedra de toque onde se apoiasse a comparação, surgiria a "colagem" aproximativa de um e outro. Mas, a bagagem lingüística, composta de experiências "paratextuais", que se manifestam intratextualmente, em ambos os autores, revela-se semelhante quanto "às imagens, ao fluxo verbal, ao léxico (que) nascem do corpo e do passado do escritor e tornam-se pouco a pouco os próprios automatismos de sua arte".[25] Eis por que a simples transfusão

24. CAMPOS, H. DE. *A Operação do Texto*, p. 39.
25. TOMACHEVSKI, B. *Teoria da Literatura — Formalistas Russos*, p. 122.

do repertório rosiano nas veias borgianas produz o "efeito da identidade" (na diferença) — o um-é-outro.

O levantamento exemplificativo dos procedimentos quanto ao arcabouço da escritura faz-se pertinente; para tanto se ablacionam os textos, em segmentos distintos, a fim de que se possam reconhecer as formas poéticas celulares ou outros sintomas de semelhança e, por meio dessa biópsia, observar-se-á, além do fenômeno, o seu aspecto etiológico.

A recorrência entre som e sentido, a similicadência, é traço de ambos os autores. Neles, a prosa oferece, em faixas amplas, uma seleção combinatória de signos, cujo impulso extrapola a simples intenção de relatar um fato. Já não é a descrição de um cenário, nem o desenvolver-se da ação o que importa transmitir, mas a tentativa de apreender e remeter o próprio referente materializado que deverá atingir antes as camadas sensíveis que as intelectivas.

Examinem-se estes fragmentos:

> Deviam de tocar os sinos de todas as igrejas. Cobrimos o corpo com palmas de buriti novo, cortadas molhadas. Fizemos quarto, todos, até o quebrar da barra. Os sapos gritavam latejado. O sapo-cachorro arranhava seu rouco. Alguma anta assoviava, assovio mais fino que o relincho-rincho dum poldrinho. De aurora, cavamos uma funda cova [26].

A ordem da prosa escamoteia os paralelismos fônicos. Se as seqüências sonoras são desencravadas, de acordo com o modo como se organizam, desautomatiza-se a leitura e a percepção é imediata. A quebra do discurso em "períodos discursivos e eqüipotenciais" [27] provoca um entrave (a pausa) e faz sobressair o aspecto musical. Assim, usa-se a estratégia de ressaltar esses segmentos (como se verá a seguir).

Trabalhando-se no campo das semelhanças e dos contrastes, percebe-se, além da incidência dos sons nasais, como já se mostrou no trecho da página em que predominam, a presença dos sons fricativos e vibrantes:

deViam / tocaR / SinoS / igreJas / FiZemoS / baRRa / gRitaVam / caCHoRRo / aRRanhou / Rouco etc.;

---

26. *Grande Sertão: Veredas*, p. 63.
27. É dessa maneira que Tomachevski entende o verso, ou como "impressão de séries semelhantes em sua sonoridade". A presença sensível, na prosa, possibilita o corte das seqüências (*Op. cit.*, p. 142).

apóiam-se nos sons vocálicos que se alternam:
sInUs / cUbrImUs / bUrItI / fIzEmUs / ArrAnhOU / sEU / rOUcU / AssUvIAvA / AssUvIU / fInU etc.
Recorte do texto:

> Deviam de tocar os sinos
> de todas as igrejas.
>
> Cobrimos o corpo
> com palmas de buriti novo,
> cortadas molhadas.
>
> Fizemos quarto,
>   todos,
> até o quebrar da barra.
>
>   Os sapos gritavam latejado.
>   O sapo-cachorro
>   arranhou seu rouco.
>
>   Alguma anta assoviava
>   assovio mais fino
>   que relincho-rincho
>   dum poldrinho.
>
> De aurora,
> cavamos
> uma funda cova [28].

Nesse trecho a nasalidade, embora presente, cede lugar aos fonemas orais de forma intencional. O ruído áspero dos fonemas consanantais, aliados aos timbres vocálicos, onde se alternam notas graves e agudas, não relata a morte de Medeiro Vaz, porém os sinos que deviam celebrá-la estão reproduzidos pelos significantes; de início, são apreendidos pelos sentidos, concretamente, unindo-se-lhes, a seguir, o coro, de sonoridades graves, metaforizado pelas vozes animais: "o capo arranhou seu rouco", lembrando o barítono; em oposição, "alguma anta assoviava...", com voz de soprano.

28. Esclarece-se que o procedimento estratégico de dividir trechos da prosa dos autores em segmentos sonoros paralelos, só se justifica em face da melhor visualização do aspecto apontado. Vale para o momento o que Pedro Xisto diz em "À Procura da Poesia", relativamente a Guimarães Rosa: "A ocasional estrofação ou versificação, aqui (...) não passa de simples hipótese ou instrumento de trabalho para determinada visualização crítica. E uma visualização concreta da obra, sem nenhuma especulativa atribuição de intenções ao Autor, nem, muito menos, nenhuma presunção (que seria, em todo sentido, impertinência, de lhe remanejar a *expressão poética*" (*Op. cit.*, p. 124 — nota).

A mesma habilidade de obter a materialidade dos signos, numa intersemiose, de plastificar a linguagem, tornando-a espessa pela identidade signo-referente, pode encontrar-se em Borges. Como se pode notar, no trecho recortado a seguir, dentro do mesmo processo de desautomatização, usado para a prosa rosiana, a linha melódica propicia uma divisão, inicialmente, de segmentos mais longos (seqüências onde predominam as seis sílabas métricas) e, depois, menores (três a quatro sílabas mais ou menos). O ritmo da linguagem tende a semelhar-se ao ruído a que o narrador se refere, ao transmitir a ocorrência dos fatos, que não viu, mas conhece por terceiros. O ruído do carroção é o primeiro índice de sua presença, ainda não plenamente perceptível; cresce à medida que a carroça se aproxima, mais e mais rápido; enquanto não é bem audível, o recorte sonoro é mais longo, diminuindo (segundo a sugestão) na mesma clave do veículo. Além das seqüências rítmicas, de pulsar nervoso, há a repetição dos nexos sintáticos: y...y... (usados com a vírgula) que reforça a idéia de movimento, não apenas rápido, mas também entrecortado, como o bolesacode do carroção. Observe-se a presença das vibrantes e fricativas, como recurso de resgate da aspereza do ruído.

Recorte do texto:

(...) pero la historia de esa noche rarísima empezó por
    um placero insolente
de ruedas coloradas,
lleno hasta el tope de hombres,
que iba a los barquinazos
por esos callejones
de barro duro,
entre los hornos de ladrillos

y dos de negro,
    déle guitarriar
y aturdir
y el del pescante
    que les tiraba un fustazo
a los perros sueltos
que se atravesaban
al moro,
y un emponchado iba silencioso
    en el medio,
y ése era el Corralero
    de tantas mentas
y el hombre iba
    a peliar
y a matar.

O mesmo processo ocorre no terceiro exemplo que vem a seguir. Além do movimento que a redundância do *y* imprime, além do ritmo, há visualmente, a dança; ressalte-se o paralelismo: secções com quase o mesmo número de sílabas fônicas, mesmos valores sintáticos e fonéticos.

Há vários exemplos desses fenômenos, porém procuram-se aqueles que, de forma mais relevante, possam demonstrar o que se afirma.

Recorte do texto:

> El tango hacía su voluntá
> con nosotros
>
> Y nos arriaba
> Y nos perdía
>
> Y nos ordenaba
>
> Y nos volvía
> a encontrar.

Como já se comentou, esse conto foi escrito sob a influência do cinema, e poder-se-ia atribuir a esse fato a movimentação das cenas, essa característica de dinamismo, conferida à linguagem pelas imagens visuais. Todavia, além da influência do cinema americano, existe também o modelo fornecido pela própria literatura, o que o próprio Borges afirma, no Prólogo à primeira edição de *Historia Universal de la Infamia* (1935):

> Los ejercicios de prosa narrativa que integram este livro fueron ejecutados de 1933 a 1934. Derivan, creo, de mi relectura de Stevenson y de Chesterton y aun de los primeros films de Sternberg y tal vez de cierta biografía de Evaristo Carriego. Abusan de algunos procedimientos: las enumeraciones dispares, la brusca solución de continuidad, la reducción de la vida entera de un hombre a dos o tres scenas. (Este propósito visual rige también el cuento "Hombre de la Esquina Rosada".) No son, no tratan de ser, psicológicos) [29].

Pode-se notar que Borges atribui a Stevenson e a Chesterton o estilo cênico que, de alguma forma, o contaminou. Stevenson como matriz desse procedimento e como verdadeiro precursor dos recursos borgianos é assunto de um estudo efetuado por Daniel Balderston, que bastante contribui para o conhecimento das raízes dessa criação tão singular — a do autor argentino. Desse estudo, trataremos mais à frente.

29. *Obras Completas*, p. 289.

As imagens visuais e sonoras são tão evidentes que parece não se justificar a estratégia utilizada — os recortes — para ressaltá-las. Todavia, não se trata de um apêndice inútil, porque esses recursos, embora tão marcantes, não têm sido reconhecidos pela maioria dos tradutores dos textos borgianos. Ou, se foram reconhecidos, parece não ter havido esforço necessário para dar-lhes tratamento mais adequado, quando ocorreu a operação tradutória. Conseqüentemente, o leitor dos textos, em português, fica privado do prazer estético que, sem dúvida, proporcionam os recursos aludidos que conseguem "mostrar", muito mais do que seria possível numa mera descrição, os cenários, onde as personagens se tornam verossímeis pelo modo como atuam.

Relativamente aos aspectos sonoros, um arrolamento abundante de exemplos pode ser organizado no campo já tratado das flutuações fonéticas, próprias da fala, que se conservam na escritura de ambos os autores.

O fenômeno mais redundante, em Borges, é o das subtrações de fonemas, no início, meio ou fim do vocábulo. Veja-se:

— *soledá, usté, voluntá, autoritá, amistá, paré* etc.; o fonema final está apocopado.

A seguir, vem a síncope dos sons intervocálicos:

— *laos* (lados), *mentao* (mentado), *colorao* (colorado), *finao* (finado) etc.

Há exemplo de nasalação: *dende* (por desde); de metátese: *naides* (por nadies); de prótese: *dentrar* (por entrar); de contrações: — *pal* (para + el); *pa* (para).

— troca do *e* pelo *i*: em guitarriar; peliar, loquiar...

— troca do *f* pelo *j*: em *me le juí encima y le*...

— *m'hija* (*mi hija*), forma que, ao contrair-se, ganhou o apóstrofo, não usado normalmente no espanhol, a não ser em construções arcaizantes.

Por outro lado, observem-se as correspondências em Guimarães Rosa:

— Subtrações (aférese) [29]:

Hoje ele não existe mais, virou sombração (p. 159) (assombração).

Aquilo me transformava, me fazia crescer dum modo, que doía e prazia (p. 221) (aprazia) [30].

29. Todos os exemplos são de *Grande Sertão: Veredas*.
30. Pode tratar-se da forma arcaica: prazer (desusada).

Algum dia, podia Diadorim mudar de tenção (p. 141) (intenção).

Às vezes, como naquilo, ele me produzia jeriza verdadeira (p. 136) (ojeriza).

— Síncopes:

Joca Ramiro (...) não estava esquecido de conhecer os homens, deixando de farear o mudar do tempo? (p. 138) (farejar).

Somente que na hora eu queria a frouxa presença deles — fulão e sicrão e beltrão e romão — pessoal ordinário (p. 50).

Com a queda da nasal, ocorre a ditongação em fulano, sicrano e beltrano (e, talvez, em romano).
— Apócopes:

(...) aceitava o regime na miudez das normas (p. 136) (miudeza).

A garoa rebrilhante da dos Confins, madrugada quando o céu embranquece — neblim que chamam de xererém (p. 23) (neblina).

Só o Hermógenes foi que nasceu formado tigre, e assassim (p. 16) (assassino).

De manhãzim — moal de aves e pássaros em revôo, e pios e cantos — a gente toda (...) (p. 38) (manhãzinha).

Toque direto para o Curralim (p. 96) (Curralinho).

Pois essezinho, essezim... (p. 13).

(...) O Pindó e a mulher se habituaram de nele bater, de pouquinho em pouquim foram criando nisso prazer (...) (p. 14).

Diadorim — Deodorina (Teodorina).

Marca característica dos falares do sertão mineiro e baiano é essa redução final dos vocábulos, terminados pelos sufixos diminutivos *-ino* (*a*), *-nho* (*a*), para simples vogal nasalada *-im* (*i*). E, da fala, em geral, do Brasi é o recurso utilizado também nos termos giriátricos, dos truncamentos:

O secreta, xereta, todo perto, sentado junto (...) (p. 17) (é secretário).

Tem crime não. Matar não. Eh, diá! (p. 206) (diabo).

O demônio na rua, no meio do redemunho... (p. 77). (redemoinho).

Íamos por um plaino de varjas; lua llá vinha (p. 121) (várzeas).

(...) E seguimos o corgo que tira da Lagoa Sussuarana (...) (p. 45) (córrego).

(...) Titão Passos, cabo-de-turma com poucos homens à mão, era nãostante muito respeitado (p. 129) (não obstante).

Ainda na fala, há a tendência para a epêntese de fonemas:

Mas — de dentro de mim: uma serepente... (p. 221) (serpente).

Notem-se as interjeições típicas do linguajar mineiro: e do baiano:

Se sendo etcétera, se carecesse — eh, úai: se matava (p. 138).

Oxente! Homem tu é, mano velho, patrício (p. 124).

Joga fora... Oxê, tu carrega ouro nesses dobros? (p. 130).

E para confronto com o *m'hija* de Borges:

A já, que ia m'embora, fugia (p. 140).

O fenômeno da semelhança de linguagem ocorre também no âmbito lexical. O princípio formador de vocábulos tem sido objeto de interesse por parte de todos que fazem da língua centro de cogitações. E com motivo justo, pois ele é responsável pelos neologismos e fonte enriquecedora do idioma. Os escritores renovam os reservatórios lexicais, aproveitando-se da importância dos morfemas de derivação. Obviamente, é um campo aberto para estudos na obra de Guimarães Rosa e, nesse sentido, abundam as pesquisas [31]. Portanto, o levantamento de exemplos apenas pretende apontar as convergências comportamentais entre Borges e Guimarães Rosa, como vem ocorrendo.

Considerem-se os morfemas derivadores que se agregam aos lexemas. Em Borges, desperta a atenção a ma-

---

31. Pode-se citar como exemplo: MARQUES, O. "O Repertório Verbal". In *Guimarães Rosa* (Col. Fortuna Crítica), p. 101.

neira como seleciona vocábulos que apresentam o morfema -azo, com a idéia de golpe:

(...) que iba a los barquin*azos* por esos callejones...

(...) que les tiraba un fust*azo* a los perros...

(...) Cod*azos* y encontr*ones* no había...

Notem-se os vocábulos em que entra -ones (morfema indicativo de aumento): callej*ones*, encontr*ones*, ou o singular -on: manot*ón:*

(...) Un manotón a mi clavel de atrás...

Em Guimarães Rosa, os morfemas aumentativos são abundantes:

(...) feito eu estava pendurado em teião de aranha... (p. 19).

Mas, em deslúa, no escuro feito, é um escurão... (p. 27).

Mas veio demorão, vagarosinho até onde a canoa... (p. 85).

Neste caso, o aumentativo é usado para aumentar a idéia de demora expressa pelo diminutivo: vagarosinho. Curiosamente, há um aumentativo do que é diminuto: excessivamente vagaroso.

Aparece a flexão de grau do advérbio, constituindo-se em desvio:

Eu sabia. eu via. Eu disse: nãozão (p. 284).

Novamente, a fuga da norma, um pronome de tratamento, que funciona como adjetivo e sofrendo flexão de grau, por meio do morfema -aço:

Só o Hermógenes, arrenegado, senhoraço, destemido (p. 309).

O número dos diminutivos, em Rosa, rivaliza com o seu antônimo. Não há interesse, porém, de um levantamento a rigor, por isso a parcimônia de exemplos:

(...) E bala é um pedacinhozinho de metal... (p. 18).

Dois morfemas acomplam-se ao lexema: -inho e -zinho, como na construção:

131

(...) E sozinhozinho não estou, há-de-o (p. 21) [32].

(...) foi uma turma de cinco homens, a patrulhazinha... (p. 39).

(...) feito uma porção de barulhinhos pequenos (...) (p. 92).

Além do diminutivo sintético (-inho, -zinho) há o analítico (pequenos) como reforço.

(...) Trouxeram café para nós, em xicrinhas (p. 145).

A deturpação do lexema: xicar (xicr — ao qual se agrega o morfema -inha) mostra a fala popular que já quase consagrou o uso de "xicra" e "xicrinha".
Por seu turno, em Borges, o diminutivo é também bastante empregado:

Di unas vueltitas con alguna mujer...
(...) de atrás de la oreja y lo tiré a un charquito...

Haciéndome el chiquito me entreveré en el montón...

(...) y le acomodó el ponchito de almohada...

(...) se jueron a un campito, y que en eso...

(...) no quedaba ni un rastrito de sangre...

A intenção de ambos os autores é a de revigorar a linguagem literária, insuflar-lhe nova seiva, acercando-a da nutriz viva e em constante mudança — a linguagem oral. Devido a isso, as semelhanças são incontestáveis. Outra razão a apontar é a origem românica do espanhol, do português e conseqüente parentesco estrutural. Caso típico é o da formação de vocábulos com valor afetivo igual, nas duas línguas, por meio dos morfemas indicadores de diminutivo. Seja para indicar afetividade, seja para formar atmosfera irônica, de galhofa ou desdém, o uso desse

---

32. Eduardo Coutinho refere-se à construção: "A palavra *só* exclusivamente conceitual em português, não contém por si mesma nenhuma conotação emocional. O poeta anônimo (...) (...) decidiu, então, acrescentar-lhe um sufixo diminutivo -inho, -zinho (...) Guimarães Rosa, percebendo a inexpressividade do vocábulo "sozinho" procurou reavivar o seu significado originário, servindo-se do mesmo processo que acreditava ter sido utilizado um dia. Assim repetiu o sufixo no final do vocábulo e criou a forma "sozinhozinho" ("Guimarães Rosa e o Processo de Revitalização da Linguagem". In: *Guimarães Rosa* (Col. Fortuna Crítica), p. 205).

recurso de matiz estilístico acentuado não perde seus adeptos que ainda usam velhos fios para fabricar tecidos novos[33].

As semelhanças intrínsecas autorizam, na tradução, a metamorfose borgiana. Em Rosa, encontram-se formas arcaizantes, onde está presente o *a* protético, de uso adstrito a regiões de evolução lingüística morosa: alembrar, alimpar, avoar etc.

O texto de Borges parece admitir a transfusão de tais vocábulos graças ao feitio regional e também à marca de estranhamento que lhe é própria. É a lei da compensação necessária — onde couber. E, assim, justifica-se:

G. Me alembrei do que antes ele tinha falado... (p. 85).

B. La cara recuerdo que era aindiada...

T. Da cara me alembro que era indiada...[34]

G. (...) lua lá vinha. Alimpo de lua .... (p. 121).

B. (...) lo miró y se despejó la cara con el antebrazo...

T. (...) passou o braço no rosto, alimpando...

O uso do morfema -des (negação, afastamento) é notório em Rosa, como em: desarrastar, desapear, despairecer etc. Assim:

G. (...) Nenhum não tinha desapeado... (p. 92)

B. (...) Y se descubrió con respeto...

T. (...) deschapelando-se com respeito...

Poder-se-ia usar "descobrindo-se", mas o neologismo à Rosa tem uma força que a forma usual não possui, a de indicar um hábito de épocas de antanho ou de determinadas regiões.

33. Em "Borges, Narrador", Amado Alonso aponta para a linguagem oral que transparece no texto: "El problema poético planteado aquí y bien resuelto es otro: el de dar la sensación de lenguaje oral a la vez que se procede con la mayor dignidad literaria (...) Las oraciones nominales y su coordinación con una oración verbal tienen aquí mucho de lo animado y directo de la lengua hablada y al mismo tiempo ese lenguaje es poético en muy alta tensión" (*Op. cit.*, p. 51).

34. Usam-se as abreviações: G. (Guimarães Rosa); B. (Borges) e T. (tradução).

Por outro lado, a força expressiva adquire-se no próprio espanhol, embora decalcada nos moldes recriadores rosianos. O morfema indicador de coletivo -agem é da predileção do autor brasileiro que vai usá-lo em adjetivos e substantivos. Borges seleciona vocábulos que, normalmente, possuem esse morfema: hembraje, carreraje, beberaje etc. Então, o melhor é trazê-los diretamente, cedendo ao impulso da língua estrangeira [35].

G. (...) às vezes davam beijos de biquinquim — a galinholagem deles... (p. 111).

G. (...) que ali corresse muita besouragem, de... (p. 127).

B. ...) puro italianaje mirón...

G. (...) Eu não atirei. Não tive braçagem... (p. 54).

B. (...) entre el carreraje y las chinas...

Os termos poderiam ser traduzidos por: italianada etc., mas melhor solução é recriá-los:

T. (...) a italianagem curiosa...

T. (...) entre o carreirame e as chinas...

Neste último caso, troca-se *carreraje* por "carreirame", onde o morfema — ame — confere idéia de coletivo, tal como -agem, para não esgotar o efeito do primeiro.

Como se vê, não são forçadas as semelhanças, apenas aproximam-se diferenças que revelam convergências.

Ainda quanto à seleção do léxico, Guimarães Rosa usa a forma 'carecer', preferida aos sinônimos: precisar, necessitar, na variante dialetal caipira. Em Borges, há dois momentos em que o termo cabe com precisão:

G. (...) é onde os pastos carecem de fechos... (p. 9).

G. (...) na velhice, carece de ter sua aragem... (p. 11).

B. (...) Rosendo, creo que lo estarás precisando...

---

35. Rudolf Pannwitz, citado por W. Benjamin, diz que: "O erro fundamental do tradutor é fixar-se no estágio em que, por acaso, se encontra sua língua em lugar de submetê-la ao impulso violento que vem da língua estrangeira" (*Apud* CAMPOS, H. de. "A Palavra Vermelha de Hoelderlin". In: *A Arte no Horizonte do Provável*, p. 99.)

B. (...) que tenía que prudenciar y me les...

T. (...) Rosendo, é disto que você está carecendo...

T. (...) que carecia ser prudente fui...

Somente uma questão de escolha e surge o "efeito de identidade". Veja-se o termo "toleima", em Rosa, e *atolondrado* em Borges. Há certa semelhança sonora e por isso:

G. (...) Porque todos aventavam aquela toleima... p. 101.

G. (...) disse: matar-e-morrer? Toleima... (p. 156).

B. (...) De puro atolondrado me le juí...

T. (...) Só por toleima fui para cima...

B. (...) De atolondrado, casi...

T. (...) Atoleimado, quase...

Notem-se os termos *Corralero* e o verbo "carnear". Pertencem às regiões de ambos os autores. Diz-se carnear o gado, e curraleiro refere-se ao que cuida dos currais, onde o gado é tratado.

G. (...) iam sangrar e carnear em beira d'água...
(p. 28).

G. (...) desvém com o resto de curraleiro e de crioulo...
(p. 23).

B. (...) era el Corralero de tantas mentas...

B. (...) de asco no te carneo...

T. ... era o Curraleiro, de nomeada...

T. ... Não te carneio...

Outro uso similar, curioso, é o do termo *nadie* (ninguém), em que há a corruptela popular: *naides,* com o significado de coisa de pouca monta, em Borges. Em Rosa, há nada, nonada.

B. (...) me dió coraje de sentir que no éramos naides...

T. ... deu até coragem de pensar que a gente não passava de coisinhas à-toa...

G. (...) O senhor nonada conhece de mim... (p. 451).

G. (...) Nonada. Tiros que o senhor... (p. 9).

(...) Eu quase nada não sei... (p. 15).

Mas, se nesses exemplos há aproximação, a "ilusão de identidade" é quase perfeita na fala das personagens Francisco Real e Riobaldo, quando, em situações análogas, se empequenecem diante do adversário. Trata-se da "palavra fingida", em que há a *concessão:* os valentes fingem dar importância aos interlocutores, investindo-se de uma falsa fraqueza:

B. (...) Yo soy Francisco Real, un hombre del Norte. (...) Quiero que me enseñe a mí, que soy naides, lo que es un hombre de coraje y de vista...

G. (...) Pois é, Chefe. E eu sou nada, não sou nada, não sou nada... Não sou mesmo nada, nadinha de nada, de nada... Sou a coisinha nenhuma, o senhor sabe? Sou o nada coisinha mesma nenhuma de nada, o menorzinho de todos... (p. 266).

Bastante expressivo é o uso que Guimarães Rosa faz do particípio. É um pormenor morfológico que proporciona "achados" estilísticos em virtude do seu caráter híbrido: cumula funções de verbo e de nome; de seu aspecto concluso e ausência de idéia temporal; da passividade que, semanticamente, lhe é inerente. Esses traços conferem-lhe ambigüidade que se pode tornar valiosa.

G. (...) Hoje sei: medo meditado... (p. 142).

(...) No amiudar-do-galo o tiroteio já principiava renovado... (p. 266).

(...) Ah! era o gato, que sim. Saiu, soltado, surripiadamente... (p. 266).

(...) Entenda meu figurado... (p. 143).

(...) E a soldadesca atirava, de emboscados, no mato do córrego... (p. 55).

Aproveitando-se a veia rosiana, o particípio foi empregado várias vezes, na tradução, de maneira esdrúxula, especialmente, quando precedido pela preposição:

B. (...) Mozo acreditao pal cuchillo era...

T. ... Moço achado bom de faca era...

B. (...) y un emponchado iba silencioso...

T. ... e um camarada emponchado que ia...

B. (...) y ése era el Corralero de tantas mentas...

T. ... e o tal era o Curraleiro, de nomeada...

B. (...) Los muchachos estábamos dende temprano en el salón...

T. ... A moçada estávamos de antecipado no salão...

B. (...) Yo hubiera querido estar de una vez en el día siguiente, yo me quería salir de esa noche...

T. ... Queria já estar no dia seguinte, safado de vez dessa noite...

De acordo com os exemplos acima, do ponto de vista sintático, podem ocorrer construções anômalas (desvios) quanto à concordância, estabelecendo-se a silepse, em Borges. Há o correspondente em Guimarães Rosa:

G. (...) A gente viemos do inferno... (p. 40).

(...) e a carga quase toda, toda, com os mantimentos, a gente perdemos... (p. 44).

É traço da linguagem popular (falada e, depois, escrita) a concordância ideológica. A idéia de plural contida no sujeito leva o verbo a concordar com o significado, desprezando o significante.

Pode-se abrir ao infinito o elenco de comparações de acordo com a inumerabilidade de leituras. Não se pretende, portanto, esgotar lingüisticamente os textos, nem proceder à análise estatística que esmiúce todas as expressões dignas de menção. Não se pretende desvendar o que é excessivamente denso e opaco, por natureza. Na escritura dos dois autores, o objetivo é justificar o processo tradutório dos textos borgianos, que resultam num possível terceiro-texto: o da zona de quase-identidade da superposição.

> *Um nome próprio deve ser sempre interrogado cuidadosamente, pois o nome próprio é, por assim dizer, o príncipe dos significantes; suas conotações são ricas, sociais e simbólicas.*
>
> BARTHES, p. 42.

A onomástica, em Rosa, tem merecido ensaios fecundos. Justifica-o não só a abundância de nomes, como também o significado secreto, enigmático que assumem. A importância do nome como

(...) um signo polissêmico e hipersêmico, que oferece várias camadas de semas e cuja leitura varia à medida que a narrativa se desenvolve e se desenrola [36],

vem sendo apontada de Proust a Joyce, chegando-se às personagens de Fleming [37].

A proeminência onomástica é, em geral, bem mais evidente em narrativas de numerosa população, onde as personagens têm tempo para se desenvolver e, conseqüentemente, seus nomes vão-se tornando núcleos irradiadores de polissemia. Entretanto, no relato, breve, a exigüidade do espaço remete ao econômico, as personagens escasseiam e é aí que os nomes devem assumir, com mais intensidade, sua plurivalência. O que ocorre é apenas a desigualdade quanto à extensão da narrativa. O conto flagra um instante-limite e é a condensação dele. Se, em Guimarães Rosa, há um rol expressivo de nomes, nos relatos de Borges, o número reduz-se ao estritamente necessário e, no caso de "Hombres Pelearon", aos epítetos. O que não impede, em absoluto, a analogia.

Em Borges, a tessitura narrativa lembra uma aranha a fiar. Sempre as veredas se cruzam, em trançados reduzidos, mas, ao achar-se a ponta do fio, o desdobramento é interminável, proporcional ao número de leituras e de leitores.

---

36. Na "leitura de G. Rosa à luz dos nomes de seus personagens", Ana M. Machado discute a problemática desses signos, na parte introdutória, passando, depois, ao desvelamento de suas camadas polissêmicas (*Op. cit.*, p. 41).

37. Destacam-se, relativos ao assunto, os ensaios de Augusto de Campos, "Um Lance de 'Dês' do Grande Sertão" (p. 321) e de Pedro Xisto, "À Procura da Poesia" (p. 113). Assinala-se também a análise que U. Eco faz dos nomes nos romances de Ian Fleming "James Bond: Uma Combinatória Narrativa. In: *As Estruturas Narrativas*, p. 136).

Escrito sob a égide dos romances policiais e da influência cinematográfica, como já se apontou, "Hombre de la Esquina Rosada" tira dos primeiros o *suspense,* há o processo de sustentação: o leitor fica à espera de que algo ocorra e é surpreendido pelo desfecho inesperado. Do cinema (e Borges diz ter escrito um roteiro), há resquícios, nos quadros, em que a ação se processa de maneira dinâmica, num discurso que, além de apontar para a presença da coisa narrada, tende a identificar-se com ela, o que se procurou mostrar, anteriormente. Em "A Literatura e as Novas Linguagens", Juan Saer comenta a postura crítica de Borges diante do cinema; como crítico, coloca de lado os ataques e enaltecimentos para dedicar-se, especificamente, aos componentes da linguagem cinematográfica, tais como, a dublagem, a transposição da obra literária para o cinema etc. Saer aponta, depois, esses elementos como "a chave formal de uma das obras narrativas mais interessante de Borges, *Historia Universal de la Infamia"* [38].

Por outro lado, como considera Balderston, no seu estudo *El Precursor Velado: R. L. Stevenson en la Obra de Borges,* a tendência para "fotografar" as personagens em movimento, assim como o uso de recursos próprios da *mise en scène,* são heranças legadas por Stevenson às obras de ficção de Chesterton, e de Stevenson e Chesterton à de Borges.

Cultor do gênero policial e do romance de aventuras, Stevenson é conhecido por *O Estranho Caso do Dr. Jekyll e do Sr. Hyde* (1886), além de *A Ilha do Tesouro* que Borges conheceu na infância e freqüentou durante a vida adulta. Para Stevenson, as imagens visuais constituem a essência da narração; por outro lado, há predileção pelas personagens infames, tal como em Borges, que escreve toda uma série de relatos (a história universal da infâmia), onde as ações infames são praticadas quase que por uma imposição do *fatum,* aspecto já discutido. Aliás, a presença da infâmia é característica da literatura policial. Ali, em geral, as peripécias se desenrolam em torno de um anti-herói — o vilão.

Segundo Balderston, Stevenson constrói seus relatos de acordo com uma teoria cuja essência se baseia no princípio de que

el lector que es "persuadido" a imaginar el relato "lo hará suyo", infundiéndole vida (una vida que el texto no tendría por sí solo).

38. SAER, J. *América Latina em sua Literatura,* p. 311.

Borges ha aplicado esta teoría a sus propias ficciones [39].

Essa vida é fornecida pela seqüência de imagens, que se concentram mais fora da personagem do que na sua psicologia, provocando um impacto visual e captando, portanto, a imaginação do leitor.

Dentro da técnica cenográfica que remete para o cinema, o primeiro parágrafo de *Historia Universal de la Infamia* semelha um resumo de filme, um *trailer*. Não ocorre (como é visível também nos contos policiais e lembra alguns escritos por Edgar Alan Poe) a percepção imediata dessa condensação, nem das "pistas" que o autor dá, possibilitando prever o desfecho. Elas gravam-se inconscientemente e afluem num momento posterior à conclusão, quando o leitor é obrigado a retornar ao início. Acentua-se a concatenação lúdica, no sentido de que as peças do quebra-cabeça (ou do jogo de xadrez) são fornecidas; mas há armadilhas tão sutis que sua existência como jogo fica subjacente e somente é perceptível, quando o leitor se vê derrotado, diante do xeque-mate.

"A mí, tan luego, hablarme del finado Francisco Real", diz o narrador, respondendo a um interlocutor, ausente do texto, que deve conhecer pormenores do fato, o suficiente para indagar a respeito. Por que a sua estranheza? É um sinal de alerta para a fingida neutralidade que adota quanto aos acontecimentos. Tenta ser demasiadamente objetivo, colocando-se como testemunha, mas trai-se, ao dizer que só viu Francisco Real *três* vezes, numa mesma noite. Aliás, noite extraordinária: Rosendo abandona a vila e a Lujanera vai dormir no rancho do narrador.

Completam-se os elementos dispostos com as informações diretas sobre Francisco Real, que "sabia tallar más bien por el Norte". É suficiente para caracterizar a personagem: é forasteiro que se impunha na região de origem. De Rosendo, têm-se indicações suficientemente precisas para saber-se que era um 'cuchillero', réplica argentina do pistoleiro dos *westerns*, procurado por valentões que querem testar-lhe a coragem e, ao alcançar a vitória, herdar-lhe a fama. Da Lujanera, apenas a informação referida. Vai ao rancho, "porque si", sem razão aparente, e sobressai, pelo garbo, entre as outras mulheres. O quadro está montado com todas as peças: no centro o triângulo, tendo nos ângulos da base dois valentões e no vértice

---

39. BALDERSTON, D. *Op. cit.*, p. 176.

a mulher. Eis onde entram os signos de "várias camadas sêmicas". Não é fortuito que apareçam as três personagens: protagonista, antagonista e o que se poderia chamar de personagem-prêmio: — a Lujanera —, nomeadas no primeiro parágrafo. Há o prenúncio de luta e pode-se, sem truques de adivinhação, saber qual será o desfecho.

O vencedor será Francisco Real, porque seu nome contém a marca do triunfo. Embora haja controvérsias, Francisco vem de "Frank" (do frâncico), com idéia de livre, não escravo; no germânico Frank (+ *isch = isco — diminutivo*), origina *francos,* povo assim chamado por armar-se com francho, franquisque ou frância, logo, livres devido às armas. Aliando-se a Real, à guisa de patronímico, vem a idéia de realeza, poder (em "Hombres Pelearon" esse caráter fora trabalhado: senhor da insolência e do corte). Não lhe falta gabarito para vencer um oponente cujo nome *Rosendo* possui os fonemas de *rosada* do título de forma anagramática. Tanto num quanto em outro, há a raiz de "rosa", metáfora para a fraqueza, fragilidade. O homem da esquina rosada é Rosendo, que dá à esquina sua cor — a da infâmia [40], agravo que deve ser vingado. Considere-se a última frase do parágrafo: "Sin embargo, una noche nos ilustró la verdadera condición de Rosendo". Instala-se, aí, a ambigüidade: pode-se ler *una noche* como sujeito de *ilustró*, mas nada impede que o sujeito seja a terceira pessoa (ele — Rosendo); sendo assim, *una noche* possui valor adverbial, com a preposição *en* elíptica. Se se lê dessa forma, ficará: ele mostrou sua verdadeira condição de Rosendo, ou seja, de fraco, covarde.

Nos ângulos, o fraco é substituído por uma incógnita, porque a Lujanera, o prêmio, não ficará com Francisco Real, mas com o narrador, o *x* — terceiro valentão. Embora o segundo duelo não seja narrado (por tratar-se de assassínio e não de duelo) posteriormente, está marcado, no início, pelo número *três*. Se se observam as ocasiões em que o narrador viu Francisco Real, há duas: quando entra, ambas as vezes, no salão. E a terceira?

Voltando-se aos nomes, podem-se fazer objeções à leitura que intenta mostrar as sutilezas borgianas na seleção dos signos com que montará a linguagem, bastante seme-

---

40. No desenvolver do relato, o narrador, a certa altura, diz: "Debí ponerme colorao de vergüenza". *Colorao = corado = rosado.*

lhante, nisso, aos processos lúdicos rosianos. Se, nestes, um nome carreia plena identidade entre fundo e forma [41], em Borges, a linguagem cifrada permite desdobramentos inusitados. Não são situações de coincidências forjadas e, para esclarecer, basta atentar para a constituição mosaicada da obra borgiana e deter-se diante de outros fragmentos.

Em "La Forma de la Espada", como já se comentou, o nome da personagem é John Vincent Moon; no rosto, traz a cicatriz em meia-lua, como marca da traição. Em "La Intrusa", cujo tema se baseia no episódio bíblico de Abel e Caim, na casa dos Nielsen, há uma Bíblia que causa estranheza; já não ocorre o mesmo com o nome da personagem que impede o desfecho fratricida: Christián, forma erudita de cristão, do lat. *christianus*. Segundo o texto:

(...) El párroco me dijo que su predecesor recordaba, no sino sorpresa, haber visto en la casa de esa gente una gastada Bíblia (...) (p. 18).

Em "El Encuentro", relato fantástico, a personagem Uriarte escolhe "(...) el arma más vistosa y más larga, del gavilán en forma de U (...)" (p. 55). Pertencera a Juan Almada, inimigo de Juan Almanza, dono do outro punhal, escolhido por Duncan. Em primeiro lugar, há uma curiosa coincidência: Uriarte escolhe a arma que possui a inicial de seu nome; depois, há uma espécie de transmigração das almas dos finados donos para os punhais, satisfazendo a uma antiga sede de sangue: as almas de *Alma*da e *Alma*nza, incrustadas nos nomes.

Se são meros fenômenos casuais, ocorrendo à revelia do consciente, pode-se discutir, embora toda a organização mostre a força cerebral, em pleno vapor, funcionando a serviço de um discurso não só consciente, como também crítico, diante de sua própria realidade. O fato é que os fenômenos transbordam dos textos e podem ser colhidos por quem se debruça sobre eles, numa leitura que encara os signos em si, no seu estado de repouso, e os observa no seu movimento de rotação. Procedimento *sine qua non* para sua tradutibilidade.

41. "O Nome próprio encerra e cristaliza várias sentenças potenciais latentes. A partir do Nome elas se vão revelando, manifestando, atualizando o que estava guardado e escondido de maneira cifrada e que o texto desenvolve", segundo o que diz A. M. MACHADO, *Op. cit.*, p. 67.

A terceira vez que o narrador se defronta com Francisco Real está camuflada num trecho envolvente que, pela cadência rítmica, se aproxima de uma balada lírica. Trata-se do parágrafo que se reproduz, separando-se as seqüências rítmicas, para melhor evidenciar os fenômenos sonoros, entre outros.

Dos segmentos, recortados em verso, com número mais ou menos coincidente de sílabas métricas, emerge além da simples sonoridade — a do artesanato da língua. Ao lado da isomorfia, da unidade entre o significado e seu caráter fônico, há o aspecto logopéico, estimulando toda sorte de associações. Se isso dificulta a tradução, sob um prisma — o da correspondência não somente do significado, mas também dos sons e ritmos — por outro, as dificuldades tornam-se estímulo de recriação, linhas de força que a justificam.

. . . .

     Me quedé mirando
    esas cosas de toda la vida
    — cielo hasta decir basta,
      el arroyo
    que se emperraba
       solo
      ahí abajo,
    un caballo dormido,
    el callejón de tierra,
      los hornos

     — Y pensé
    que Yo era apenas
  otro yuYo de esas orillas,
       criado entre
      las flores de sapo
    Y las osamentas.

     ¿Qué iba a salir de esa basura

      sino nosotros,
       gritones
      pero blandos
      para el castigo,
      boca y atropellada
      no más?

    Sentí después
     que no,
    que el barrio
      cuanto más aporriao
       más obligación
        de ser guapo.

> ¿Basura?
> La milonga déle loquiar,
> y déle bochinchar
> en las casas,
> y traía olor de madreselvas
> el viento.
>
> Linda al ñudo la noche.
> Había de estrellas como para
> marearse mirándolas,
> unas
> encima
> de otras.

....

Veja-se: "(...) cielo hasta decir basta...". O jogo paronomástico entre HASTA, inserido em BASTA, a aliteração em CIELo / dECIr são efeitos que não se podem perder. A facilidade de correspondência do espanhol tende à colagem: céu até dizer basta. Desta forma, prejudica-se a paromásia original. Usa-se, então, — céu que se entrevastava... — quando se recupera HASTA/BASTA (entrevASTAva) e alguns fonemas de dEciR (EntREvastava), além do conteúdo semântico: vastidão infinita.

A tradução é, assim, o estilete que sonda as camadas profundas da linguagem e penetra o sobrecódigo, onde as relações se fazem imprevisíveis, proporcionando a apreensão dos graus de poeticidade do texto. Neste fragmento comentado, a incidência, na escala, alcança, em geral, altos índices. Veja-se o caso de: "YO era otro YUYO de esas orillas". O pronome YO repete-se, duplicado em YUYO, erva daninha, o que fortalece a idéia de inutilidade do "eu". Como traduzi-lo? Em SARAMAGO, espécie de erva, inserem-se os fonemas de SER e ÂMAGO, forma (de etimologia obscura) que indica a essência, o íntimo do "ego", que, curiosamente, com alternância vocálica, completa o termo: saramA/e/GO. Se a primeira pessoa aparece difusa em "Y pensé que YO... otro YUYO...", impregnando a "estrofe" de animismo lírico, a tradução difunde o verbo SER, ou pelo menos seus fonemas: pEnSEi SER Somente... SA/e/Ramago, assim como o próprio "eu" na forma latina: EGO. E é inegável que, em todo o trecho, a melopéia não passa despercebida, mesmo ao leitor mais automatizado.

Embalado na música que comunica, apoiando-se nas palavras, como unidades rítmicas, o conteúdo passa para planos inferiores da percepção — o lírico precede o épico do relato. Ao primeiro, funde-se a noite, e esse estado letárgico em que o narrador parece ficar suspenso contaminará o leitor, numa identidade anímica. As cenas dos acontecimentos são substituídas, como no cinema, pelas imagens calidoscópicas, feitas de luz e sombras, cores e som, vazias, contudo, da evolução do enredo, que continua a se desenvolver, camuflado pelo encaixe de outro tipo de discurso. Trata-se de um desvio relativo à efabulação: uma unidade do tempo da escrita não corresponde a nenhuma do tempo da história.

O leitor vai de uns empecilhos a outros, surpreendendo-se com o perfil estranho da linguagem que se delineia como em: "La milonga déle loquiar y déle bochinchar en las casas..." Percebe-se a lateral /L/ e a africada /CH=ts/ (fricativas) repetindo-se, seguidas de vibrantes, numa tendência sinestésica a envolver os sentidos: o som (auditivo), o movimento (visual) e o aroma (olfativo) em: "Traía olor de madreselvas el viento". O resgate sonoro é feito ao usarem-se termos com os mesmos fonemas: "La miLonga déLe Loquiar y déLe..." (a miLonga a maLucar) BORBORInhÁvA (BOchINchAR). Em BORBORINHAVA, recaptam-se os fonemas também de lOquIAR, distribuídos em trAÍA (trAzIA), OlOR (OdOR).

Enquanto se imerge na confissão de estados anímicos, íntimos do narrador, na sua autocontemplação, deixam-se escapar as últimas frases do parágrafo: "Muy lejos no podían estar... A lo mejor ya se estaban empleando los dos, en cualquier cuneta...", referindo-se a Francisco Real e à Lujanera. Note-se que o narrador aponta um fato que, embora veja, mascara por meio de um advérbio cuja conotação aponta para a expectativa de uma surpresa desagradável: "a lo mejor" (provavelmente) para lançar a dúvida: (vai ver que já se estavam agarrando...); na verdade, narra um fato que vê, no terceiro encontro com Francisco Real.

A tesoura antológica recorta no *Grande Sertão: Veredas* um trecho, onde o lirismo é marcante. Mais do que expressão emotiva, trata-se da linguagem que não pretende comunicar ou arrolar fatos exteriores ao seu próprio existir.

....

Me balanceei assim
adiantado na noite,
um tanto gaio
um tanto piongo,

> com todas as novas
> dúvidas e idéias
> e esperanças,
> com todas as novas
> dúvidas e idéias
> e esperanças,
> no claro de uma espertina.
>
> Com muito me levantei.
> Saí.
> Tomei a altura do sete-estrelo.
> Mas a lua
> subiu estada,
> abençoando redondo
> o friinho de maio.
>
> Era da borda do campo
> que a mãe-da-lua sofria
> seu cujo de canto,
> do vulto de árvores
> da mata cercã.
>
> Quando a lua subisse mais,
> as estrelas se sumiam
> para dentro
> e até as seriemas
> podiam se atontar
> de gritar. (p. 151)

....

A repetição das nasais (há pelo menos duas, na maioria dos versos) mostra, no trecho, o "lado palpável dos signos" (Jakobson), reproduzindo o acalanto com que as fantasias embalam os anseios amorosos da personagem, ao pensar no objeto amado. (Trata-se do trecho em que Riobaldo está na fazenda Santa Catarina e se engolfa na imagem de Otacília.)

A cadência melódica leva o leitor a integrar-se no mundo do sujeito, afastando-se da realidade narrada. Ao insinuar-se no clima do 'non-sense' lírico, que se sustenta nas vogais (predominantes), nas construções esdrúxulas, o leitor ordena-se a participar do estado de sensações oníricas, como se ele fosse duradouro ou a verdadeira causa do discurso, marginalizando o contar da história. Aqui, como no trecho de Borges, a ação se paralisa, ao passo que o discurso continua, enovelado em si mesmo.

O mistério da autocontemplação, de fundo subjetivo, incorpora-se (ou é, justamente, projetado por ele) aos termos que tentam conformá-lo: "um tanto gaio, um tanto piongo...". Possuem caráter encantatório que advém da própria dubiedade: a suspensão entre o sentir nostálgico e o eufórico, com alguma acentuação do primeiro matiz. A tônica oral, aberta de gAio opõe-se à tônica nasal, fechada, de piONgo. Essas palavras-temas estão dominadas por fonemas graves, escuros (a consoante velar /G/, a bilabial /P/ e a vogal final é velarizada em ambas). As dentais agudas, claras, de TanTo equilibram o quadro com a suspensão da dubiedade. O mesmo jogo fônico parece reproduzir-se *mutatis mutandis,* em PoDiam se aTonTar De GriTar (um TanTo Gaio um TanTo Piongo). (De acordo com Jakobson.) [42]

Há a diluição da seqüência acional em nome de um instante em que o corpóreo se desmaterializa para que os sentidos se corporifiquem em signos, integrando-se na linguagem.

Engolfa-se o sujeito na natureza como se descamam os significantes, compostos de camadas e camadas de significados que se ordenam em semelhanças: ALtUrA / LUA /; abeNçOANDO / redONDO /; SETE / ESTrElo / CAMpO / CANtO /; ESTRELo / ESTRELas / SERiEmAS /; sUmIAM / pOdIAM / etc.

A linguagem tece-se do espaço, e o espaçial desenha nas pautas da escritura, entre mínimas e colcheias, a clave de uma noite inaugural.

Tradução: "História de Rosendo Juárez"

Seriam onze da noite; eu tinha entrado no boliche, que agora é bar, na Bolívar com Venezuela. De um canto, o homem me convocou. Tinha algum quê de autoridade, porque logo atentei nele. Estava sentado numa das mesinhas; pressenti, inexplicavelmente, que não se movia dali fazia um tempão, de diante do seu copo vazio. Nem alto nem baixo; ares de artesão honesto, quem sabe um antigo camponês. O bigode, ralo e cinza. Ressabiado, como são os portenhos, não tinha afrouxado no pescoço o cachecol. Convidou-me para um gole. Sentei e conversamos. Tudo isso se deu lá pelos mil novecentos e trinta e pico.

O homem me disse:

— Não me conhece senão de nomeada, mas para mim é um conhecido, senhor. Sou Rosendo Juárez. O finado Paredes lhe deve ter falado de mim. O velho tinha das suas; gostava de lorotas, não para lograr, mas para

---

42. JAKOBSON, R. *Fonema e Fonologia*, pp. 126, 130, e 160-161.

distrair as pessoas. Agora que nada temos a fazer, vou-lhe contar o que, deveras, ocorreu naquela noite. A noite em que mataram o Curraleiro. O senhor contou o sucedido numa estória, que não estou capacitado para avaliar, mas quero esclarecer a verdade sobre essas patranhas.

Deu uma trégua como para arrebanhar lembranças e prosseguiu:

"— Acontecem coisas que a gente só vai compreendendo com os anos. O que se deu comigo naquela noite vinha de velho. Me criei no povarejo de Maldonado para além de Floresta (1). Era um buraco danado que, por sorte, já sumiu do mapa (2). No meu arrazoado, ninguém é alguém para deter a marcha do progresso. Enfim, cada qual nasce onde pode. Nunca me interessou saber o nome de quem foi meu pai. Clementina Juárez, minha mãe, era uma mulher honesta que ganhava o pão com o ferro de engomar. Para mim era de Entre-Rios ou daqueles pagos orientais (3); seja como for, vivia a falar de seus achegados em Concepción do Uruguai. Me criei como o saramago. Aprendi a pelear (4) com outros, usando um pau queimado. Entretanto não nos tinha ganhado o futebol, que era moda dos ingleses.

No boliche, uma noite me veio com provocação um tal de Garmêndia. Não lhe dei trela, mas o camarada estava pilecado, insistiu. Saímos; já de fora entreabriu a porta do boliche e disse ao pessoal:

— Não tenham cuidado, que volto já.

Eu tinha arranjado um punhal. Garramos o lado do Arroio, com lentidão, de olho um no outro. Me ganhava em idade; tinha treinado comigo muitas vezes e senti que ia me carnear (5). Eu ia pela direita da azinhaga e ele ia pela esquerda. Tropeçou nuns terrões. Foi Garmêndia tropeçar e foi me ver em cima dele, quase sem dar tento. Furei-lhe a cara à ponta-de-aço, nos agarramos, teve um momento em que tudo se podia dar e, no final, acertei-lhe uma punhalada, que foi a última. Só depois senti que ele também tinha me acertado, umas raspadelas. Naquela noite aprendi que não é difícil matar um homem nem ser morto por outro. O arroio estava bem baixo; para ir ganhando tempo, o defunto, deixei-o meio disfarçado atrás de um forno de tijolos. De atoleimado, surripiei o anel (6) que ele usava como se fosse coisa de preço. Coloquei-o, arrumei o chapéu e voltei ao boliche. Entrei sem pressa e disse:

— Parece que quem está de volta sou eu.

Pedi uma caninha e a verdade é que eu estava precisando. Foi aí que alguém me avisou da mancha de sangue.

Aquela noite, eu passei virando de cá para lá na enxerga; não dormi até de manhãzinha. Pelas matinas (7), buscaram-me dois guardas. Minha mãe, pobre da finada, pôs a boca no mundo. Trato de besta me deram (8), como se eu fosse um criminoso. Dois dias e duas noites tive de me agüentar na solitária. Ninguém foi me ver, a não ser Luís Irala, um amigo do peito, que não deixaram entrar. Uma manhã, o delegado me mandou buscar. Estava refestelado na cadeira, nem me olhou e disse:

— Assim é, então, que você despachou o Garmêndia?
— Quem o diz é que sabe.
— A mim, deve tratar por senhor. Nada de manhas nem evasivas. Aqui estão as declarações das testemunhas e o anel achado na sua casa. Assine logo a confissão.

Molhou a pena no tinteiro e me passou.

— Me deixe pensar, senhor delegado — encontrei como resposta.

— Te dou (9) vinte e quatro horas e você que vá pensar na solitária. Não tem pressa. Se não quer chegar à razão, vai aceitando a idéia de um descansinho lá na rua Las Heras (10).

Como é de supor, não entendi.

— Se você arregla (11), fica só mais uns dias. Depois cai fora e Dom Nicolas Paredes já me garantiu que vai dar um jeito no caso.

Os dias foram dez. Lá pelas tantas deram acordo de mim. Assinei o que queriam e um dos guardas me acompanhou à Rua Cabrera.

Presos em palancas, muitos cavalos e pela casa a dentro mais gente que num arrasta-pé (12). Parecia um comitê. Dom Nicolas Paredes estava mateando e por fim me recebeu. Sem mais embargo, disse que ia me mandar a Morón, onde estavam fazendo campanha eleitoral. Recomendado fui ao senhor Laferrer, que ia me pôr à prova. A carta, escreveu-a um mocinho de negro, fazedor de versos, pelo que fiquei sabendo, sobre cortiços e ralé (13), coisas que não interessam às pessoas ilustres. Agradeci o favor e saí. Na volta, me largou o guarda.

Tudo foi para o bem; a Providência sabe o que faz. A morte de Garmêndia, que, no princípio, me dera desgosto, acabou me abrindo caminho. Claro que a lei me tinha na mão. Se não lhe cupinchasse o partido, me acaçapava, mas eu estava avalentado e gabola.

O senhor Laferrer me avisou que com ele tinha de andar fino e podia até chegar a guarda-costas. Dei conta do recado como se esperava. Em Morón e logo em todo o povarejo, fiz jus à confiança de meus chefes. A polícia e o partido me foram criando nomeada de cabra-macho. Fui cabo eleitoral de primeira nos postos da capital e da província. As eleições eram bulhentas então; não quero aborrecer o senhor com um e outro relato de sangue. Os radicais, nunca os topei, que continuam grudados às barbas do velho Alem (14). Não tinha alma que não me respeitasse. Arranjei uma mulher, a Lujanera, e um alazão dourado de boa pinta (15). Durante anos banquei o Moreira (16) que, provavelmente, em seu tempo, arremedava algum outro gaúcho de circo. Me entreguei ao carteado e ao absinto.

Os velhos falamos e falamos, mas já está próximo o que lhe quero contar. Não sei se já lhe nomeei Luís Irala. Um amigo como poucos. Homem entrado em anos, nunca lhe dera asco o trabalho e se tomou de estima por mim. Nunca na vida tinha posto os pés no comitê. Vivia do ofício de carpinteiro. Não bulia com ninguém nem permitia que ninguém bulisse com ele. Uma manhã veio me ver e disse:

— Já lhe devem ter vindo com a estória da Cacilda (17), que ela me deixou. Quem a roubou foi Rufino Aguilera.

Com esse sujeito já me tinha defrontado em Morón. Confirmei:

— Sim, conheço. É o menos imundo dos Aguilera.

— Imundo ou não, agora terá que se ver comigo.

Fiquei assuntando e lhe disse:

— Ninguém tira nada de ninguém. Se a Cacilda se raspou foi por querer o Rufino e você pouco lhe importa.

— E o povo? o que vai dizer? Que sou um covarde?

— Meu conselho é que não se meta em encrenca pelo que o povo pode dizer e por uma mulher que não te quer.

— Ela não me dá cuidado. Um homem que pensa cinco minutos seguidos numa mulher não é homem, mas um maricas. A Cacilda não tem coração. A última noite que passamos juntos me falou que eu já andava meio velho.

— Dizia só a verdade.

— A verdade é que machuca. O que está me aferroando agora é o Rufino.

— Tome tento. Pude ver o Rufino em ação lá pelas bandas de Merlo. É um corisco.
— Acha que tenho medo?
— Já sei que você não tem medo, mas atente bem. De duas uma: ou mata e vai para o xilindró ou morre e vai para o campo-santo.
— Assim será. Você, o que faria no meu lugar?
— Não sei, mas minha vida não é bem um exemplo. Sou um camarada que para safar-se do xadrez virou capanga de político.
— Eu não vou virar capanga de nenhum partido político, vou mas é cobrar uma dívida.
— Então vai perder o sossego por um joão-ninguém e por uma mulher que já não quer?

Não me deu trela e se foi. No outro dia nos chegou a notícia de que tinha provocado o Rufino num mercado de Morón e que o Rufino o tinha apagado.

Foi para morrer e o mataram no direito, de homem para homem. Tinha-lhe dado um conselho de amigo, mas me sentia culpado.

Passados dias do velório, fui ao renhideiro. Nunca fui chegado às rinhas, mas naquele domingo os galos me deram francamente asco. Que estaria se passando com aqueles animais, ruminei, que se despedaçavam sem quê nem porquê?

Na noite do meu caso, a noite do final do meu caso, tinha ajustado com uns rapazes dar um chego no baile lá da Parda. Tantos anos e ainda me vem à cabeça o vestido floreado da minha companheira. A festa foi no pátio. Não faltou nem algum borracho para alvoroçar, mas cuidei para as coisas andarem como Deus quer. Não tinham dado as doze, quando os forasteiros chegaram. Um, que nomeavam o Curraleiro e mataram à tocaia nessa mesma noite, nos pagou uma rodada. Quis a sina que nós dois fôssemos do mesmo barro. Alguma andava tramando; acercou-se e garrou a me espreitar. Disse ser do Norte, onde o alcançara minha nomeada. Eu o deixava falar quanto queria, mas já de sobreaviso. Não dava folga à genebra, para criar coragem, talvez, e no final me desafiou para a peleja. Aconteceu, então, o que ninguém quer entender. Nesse arruaceiro destrambelhado (18) me vi como num espelho e me deu vergonha. Não tive medo; no caso de sentir, vou é pra briga. Fiquei é como se tivesse. O outro com a cara grudada na minha, gritou para que todos ouvissem:

— Se vê que você não passa de um covarde.
— Seja — disse-lhe. Não tenho medo de passar por covarde. Pode juntar, se lhe der gana, que me chamou de filho-da-mãe e que me deixei cuspir. Agora, está mais contente?

A Lujanera me tirou o punhal que sempre me vinha na cava da jaqueta e enfiou-o, fula da vida, na minha mão. Como arremate, disse:

— Rosendo, é disto que você está carecendo.

Larguei-o e saí sem pressa. O povo abriu cancha, de queixo caído. O que me poderia importar o que achassem.

Para me safar dessa vida, ganhei a República Oriental, onde me fiz vaqueano. Desde minha volta, finquei pé aqui. San Telmo tem sido sempre um lugar de ordem."

* * *

Radiografia do Texto

(1) Maldonado é o nome de uma localidade, onde o terreno era constituído por brejos e, conseqüentemente, pouco salubre. A respeito é curiosa a visão da cidade de Buenos Aires em 1833:

> (...) Desde las dos hasta las cinco de la tarde no es posible "ver un viva alma por las calles", (...) (en las calles) los fosos son innumerables y riesgosos por la elevación de las aceras. En los días lluviosos se cubren de fango y no se les conoce la profundidad (...) (p. 24).

Buenos Aires em 1862:

> (...) El vecindario muéstrase quejoso por los basurales que rodean a la ciudad. Los servicios de barrido y limpieza son primarios. Los residuos, recolectados en carros arrastrados para el relleno de calles o terrenos bajos de Palermo. También se los envía al barrio Sur, donde se levanta una imponente "quema de basuras". El problema de los porteños se aviva cuando sopla el viento del cuadrante Sur: los olores invaden a la ciudad (p. 53).

Buenos Aires em 1874:

> (...) El ingeniero Bateman inicia la construción de un sistema de caños de desagüe para las aguas servidas, pues gran parte de ellas se arrojan a la vía pública (p. 65).

Essa paisagem deixa clara a referência da personagem ao arrabalde.

(2) No texto de *El Informe de Brodie* (1970) aqui utilizado consta: "(...) Era un zanjón de mala muerte, que por suerte ya lo enturbaron (...)". Na edição das *Obras Completas* consta: "(...) que por suerte ya lo entubaron...". Há certamente um engano tipográfico, pois a idéia é de colocar tubos para o escoamento das águas como se vê acima. Usa-se a expressão popular "já sumiu do mapa" com o sentido de que já adquiriu nova feição.

(3) Entre-Rios é a região situada ao norte da província de Buenos Aires, limitando-se também com o Uruguai, chamado República Oriental, nome que vem do antigo Banda Oriental do Uruguai em relação à Argentina.
Pagos (RS) — região, querência; usa-se aqui quando o termo contém idéia generalizante do espaço.

(4) "Aprendi a vistear con ..." — Vistear:

> Ejercicio hecho con las manos o algún instrumento para adquirir destreza en la pelea. También se dice canchar o canchear y barajar. Especie de esgrima campera generalmente a mano limpia o tiznándose el índice de la mano derecha cuando dos visteadores se enfrentan ante testigos para hacer gala de habilidad o por puro pasatiempo; el rastro que dejaba el tizne en la cara o las ropas de uno de ellos denunciaba a veces que había sido tocado por el rival (Coluccio, p. 284).

Costume que também existe no Brasil, no interior do estado de São Paulo, e outras localidades. Usa-se "pelear" (RS).

(5) "yo sentí que iba a achurarme..." — *Achurrar:* tirar as vísceras do gado. Traduzido por carnear remete ao espaço físico — um mundo povoado de gado.

(6) Note-se a semelhança entre o ato de roubar o anel: ocorre aqui e também no conto anterior, quando o roubam de Francisco Real; aqui o autor usa o termo *atolondrado* para caracterizar o neófito na vida de matanças.

(7) "(...) a la oración..." — note-se a influência religiosa do povo, tão arraigada que serve como índice temporal.

(8) "Arriaron conmigo..." — arrear: "estimular a las bestias para que anden..." (Alonso, p. 107). Aproximação ao gado. O homem foi levado como as bestas. É uma comparação implícita na própria forma

verbal, antes da que ocorre clara: "como un criminal". A solução é explicitar a idéia num desdobramento: "Trato de besta me deram..."

(9) "Te doy... lo pensés bien..." — linguagem popular. Indica prepotência. A tradução procura resguardar a forma e a idéia.

(10) "Calle las Heras..." — local onde se situa a Penitenciária.

(11) "Si te avenís..." — linguagem popular e truncada. Usa-se para traduzir uma expressão gauchesca — *arreglar:* combinar, concertar, arranjar. / Ajustar alguma coisa com alguém (esp.) (Lopes Neto, p. 365).

(12) "(...) más gente que en el quilombo..." — *Quilombo* é usado na linguagem *arrabalera* como bordel, prostíbulo. O *Dicionário de Lunfardismos* cita um trecho de "Hombre de la Esquina Rosada" como exemplo: "Sabía llegar de lo más paquete al quilombo..." (Gobello, p. 180). Em português, denomina refúgio de escravos. Possui conotação de lugar tumultuado, movimentado e usou-se para traduzir um brasileirismo: arrasta-pé.

(13) "(...) sobre conventillos y mugre..." — *conventillo:*

> Casa de varias habitaciones en las que viven hacinadamente muchas familias, por lo común de las más diferentes nacionalidades.

O *Dicionário de Lunfardismos* registra a mesma acepção para o termo que aparece como: *Conventyio* (leng. general):

> (...) casa de vecindad, de aspecto pobre y con muchas habitaciones, en cada una de las cuales viven uno o varios individuos o una familia... (Gobello, p. 52).

Traduz-se, portanto, por: cortiço e ralé.
Note-se a referência velada a Evaristo Carriego em: "(...) un mocito de negro, que componía versos, a lo que oí..."[43].
Em "Una Vida de Evaristo Carriego", lê-se o seguinte:

43. BORGES, J. L. "Evaristo Carriego". In: *Obras Completas*, p. 113.

> (...) magro poeta de ojitos hurgadores, siempre trajeado de negro, que vivía en el arrabal...

Borges refere-se a uma descrição do poeta popular por Giusti. E, depois:

> (...) Declaro ahora sus amistades de barrio, en las que fue riquísimo. La más operativa fue la del caudillo Paredes, entonces el patrón de Palermo [44].

Isso vem mostrar, em Borges, a presença de um texto dentro de outro, ou da peregrinação de personagens decalcadas em pessoas reais, por vários textos.

(14) Referência a Leandro N. Alem, político argentino que fundou a União Cívica, posteriormente denominada — Unión Cívica Radical (1842-1896) — partido político que recorreu às conspirações antigovernamentais, porque considerava que a fraude eleitoral lhe fechava as portas do poder legal.

(15) "(...) y un alazán dorado de linda pinta..." — *pinta:* "(pop.) Buena aparencia en general" (Gobello, p. 169). Termo próprio da linguagem *arrabalera*. Temos, em português, o vocábulo com o mesmo sentido.

(16) Juan Moreira foi um famoso *orillero* que se distinguiu pelo uso das facas nas disputas portenhas do fim do século, como já foi citado.

(17) Usa-se aqui o termo "estória" como o usou Guimarães Rosa, como sinônimo de "caso".

(18) "(...)en ese botarate provocador..." — *botarate:* na linguagem familiar, indica o indivíduo cabeça-no-ar, irresponsável. Traduz-se por um termo popular: destrambelhado.

NA OBRA-ABERTA O FIM É O INFINITO

> *El caráter de Martín Fierro está dado, no por los actos o por las quejas, sino por el tono de su voz. (...)*
> *En su voz está el hombre que no podemos definir, como no podemos definirnos a nosotros mismos.*
>
> La Poesia Gauchesca

Manejar deliberadamente a linguagem oral dos gaúchos, aproveitar rasgos dela para compor o gauchesco literário, é encontrar a própria voz. Borges afirma-o sempre

---

44. *Idem*, p. 117.

que trata do assunto. É preocupação que possui raízes remotas, como se viu pelas referências iniciais aos ensaios que discutem os problemas de linguagem.

Ouvir para desvelar essa voz que, ao longo do tempo, o autor descobriu, leva a outro foco velado: Borges, o homem que não se pode definir. Reside nele a indefinição fundamental que projeta seu círculo de sombras na obra, tornando-se esta e aquele resistentes às mais variadas leituras. Por isso, a "Historia de Rosendo Juárez" não é o ponto de chegada, mas a partida para qualquer travessia sem termo.

Este conto, embora não se possa precisar-lhe a data de nascimento, pertence à publicação recente — 1970 — *El Informe de Brodie*. O gauchismo programático de "Hombres Pelearon" jaz no esquecimento. Os *pecados literários* já não se cometem em nome de experiências neófitas nos dédalos da narrativa. A mudança, quarenta anos depois, está na linguagem, que consegue reproduzir a "voz" tão perseguida, perfeitamente adequada ao que o autor postula: espontaneidade.

A tradução dos contos gauchescos e a microscopia dos textos levam à noção de bipolaridade. Ao lado de um Borges cerebral, preocupado com a dissolução da metafísica, com a negação do tempo e do "eu", convive o *alter-ego*, emotivamente envolto na atmosfera afetiva da Buenos Aires de ontem... de sempre.

Essa bipolaridade é vista por Ramón Xirau que opõe o mundo *arrabalero* ao de *ficciones*. Para ele, Borges é o

(...) destruidor de templos mitológicos, criador de esferas mágicas, fundador de eternidades formosas e falíveis, e também o poeta da terra real e singela, o admirador de José Hernández, de Hilário Ascasubi, de Evaristo Carriego [45].

A dicotomia borgiana leva, num dos pólos, à escritura de estilo sóbrio, que, na sua objetividade, projeta conceitos intelectuais e proposições abstratas, pouco aberta ao processo recriativo por parte do tradutor, uma vez que não acentua as formas sensoriais da linguagem. Aí, as emoções mantêm-se, num baixo grau; mesmo assim, esse discurso guarda certa dose de inconformismo diante do seu feitio objetivo, pois rompe o limite dos gêneros: consubstanciam-

---

45. "Crise do Realismo". In: *América Latina em sua Literatura* (p. 189).

se a crítica e a ficção num mesmo corpo de ensaio, o que não deixa de ser protesto. É preciso discutir e renovar a tradição! [46]

Represadas, porém, no mesmo manancial criador, noutro pólo, estão as vertentes poéticas, que, ao escolher as matrizes do cotidiano portenho, inserem-se num movimento empático de enaltecimento à vida do povo. *Pari passu* às questões metafísicas, às lucubrações filosóficas, lógicas e abstratas, caminha a expressividade das emoções que animam a linguagem popular e daí transmigram para os poemas e contos gauchescos. Nos contos, os fios do discurso poético entrançam-se nos da prosa, e esta, alçada à nova condição, vai atingir antes os centros sensíveis que os intelectíveis.

Muitos tradutores desses textos parecem desprezar isso, dedicando-se à prosa gauchesca como a qualquer outra, sem atentar para o material híbrido. A tradução, assim processada, rompe o tecido textual, e das feridas abertas pela ineficácia esvai-se o plasma de que se nutrem as personagens que se convertem em sombras de si mesmas.

Se, no relato "Hombre de la Esquina Rosada", há um nível alto de complexidade (comparado a outros textos do autor) na execução da linguagem, refletindo-se no seu conteúdo ambíguo a crise borgiana quanto ao discurso, em "Historia de Rosendo Juárez", nota-se que o conflito foi superado. E há, entre ambos, diferenças básicas a partir daí.

No primeiro conto, a dinâmica da ação já foi apontada. A palavra ajusta-se ao movimento cenográfico, torna-se plástica, numa exuberância decorativa que antepõe o dinamismo das cenas à concentração na vida das personagens. Tudo se vê, feito de som e movimento, trata-se da estética a serviço dos olhos e dos ouvidos, em desacordo com o que, em Borges, virá a ser a estética da reflexão. Por isso, o autor considera a história "teatral e falsas as personagens".

Na época em que a produziu, Borges achava-se preso do deslumbramento que a voragem dos signos provoca; torna-se entusiasta das imagens, da descoberta de que ficção também *se faz com palavras* e o barroquismo que-

---

46. Segundo Borges: "Hay dos maneras de usar la tradición: una es repetirla servilmente; otra — más importante — es refutarla y renovarla" ("La Poesia Gauchesca". Conferencia (CEB) (p. 16).

vedesco anda por trás de tudo isso. Acredita que para escrever à moda argentina é indispensável arrolar termos e mais termos *criollos, arrabaleros,* e, apesar do repúdio aos lunfardismos, alguns ainda persistem em sua escrita. Há fusão disso aos arcaísmos e para defender a língua nacional traz à cena expressões populares que o próprio povo defendido ignora. Alquímico, busca a pedra filosofal; cientista, busca a novidade na descoberta. A mesma experiência em mãos inábeis produziria explosão nefasta. Nas de Borges, explode, mas é a obra-prima.

Já no relato de Rosendo Juárez, a estética da reflexão impõe-se desde o situar da personagem. Rosendo, sentado à mesa do bar, parece mergulhado, por inteiro, no mundo introspectivo. Pelo menos é o que se infere do que o autor diz dele: "(...) Sentí de un modo inexplicable que hacía mucho tiempo que no se había movido de ahí, ante su copita vacía" (p. 39). Depois, a vida de Rosendo brota, numa espécie de fluxo da consciência, quase monólogo da personagem; a presença do interlocutor age apenas como propulsora, centro de ordem dos fragmentos dispersos na memória, ou como resgate do objeto — o passado.

Neste ponto, aproxima-se de Riobaldo, cuja narrativa também se faz a partir do fluxo da consciência; apenas em *Grande Sertão: Veredas* a contigüidade dos fatos é entrecortada muitas vezes pela "chamada" do interlocutor, com função fática. Sendo o relato de Rosendo curto, isso ocorre poucas vezes, interrompendo o *flash-back:*

Riobaldo: — Como vou achar ordem para dizer ao senhor a continuação do martírio, em desde que as barras quebraram...[47].
— Mas o senhor é homem sobrevindo, sensato, fiel como papel, o senhor me ajuda, pensa e repensa, e rediz, então me ajuda (...) Antes conto as coisas que formaram passado para mim com mais pertença [48].

Rosendo: — Usted, señor, ha puesto el sucedido en una novela, que yo no estoy capacitado para apreciar, pero quiero que sepa la verdad sobre esos infundidos [49].
— (...) no fatigaré su atención, señor, con uno que otro hecho de sangre [50].

47. *Grande Sertão: Veredas*, p. 41.
48. *Idem*, p. 79.
49. "História de Rosendo Juárez", p. 40.
50. *Idem*, p. 40.

Os contadores de casos Riobaldo/Rosendo (nos nomes, estranhamente, certos fonemas encontram eco) dirigem-se ao ouvinte, usando-os como pretexto para a reflexão de um fato obsedante: a noite mágica e emblemática do encontro com o "eu" — o demônio de Riobaldo, seu avesso, assumido conscientemente, ou o demônio de Rosendo que, ao encarnar-se em Francisco Real, pôde ser visto, e provocando asco, vergonha, é negado, na conversão de Rosendo ao seu direito.

Riobaldo tece longa teia, ao tirar casos do caso, e Rosendo arrisca-se ao caso dentro do conto: o de seu amigo Luís Irala, um enxerto exíguo, dentro da economia da narrativa.

Em "Hombre de la Esquina Rosada", a ação-relâmpago capta o instante-limite do homem posto, ou diante da morte metafórica — Rosendo morre para o grupo, ao desprezar o desafio — ou da morte efetiva — a que o Curraleiro fora buscar e encontra de forma diversa da gloriosa que pretendia, caso não vencesse. A coragem, como valor, é colocada em situação seja para desafiar ou morrer, seja para praticar, dentro da visão do grupo, um ato de covardia.

Em "Historia de Rosendo Juárez", muito mais que no seu irmão gêmeo (a morosidade acional e a estética da reflexão favorecem), há a apreciação dos traços sociais que, embora sobressaiam como pertinentes ao mundo *arrabalero*, transcendem-no. Tratando-se de um aglomerado de signos, carregados de significação, é possível captar ali o que Borges parece querer sabido: a delinqüência e uma relação de causalidade — o desamparo infantil e a infâmia dos poderosos. No prazer da violência, dos folguedos juvenis ao passatempo adulto da rinha de galos, projeta-se um dado da natureza humana sobre a particularidade da sua expansão; na truculência da polícia a serviço das artimanhas políticas, subterraneamente, estão instituições que, de forma mútua, se amparam: o poder que se resguarda por meio da força e a força que prospera sob a guarda do poder.

Esses aspectos constituem um micro e um macropainel informativo que, ao estar longe das abstrações conceituais, têm delas o visgo da reflexão; o suporte, aparentemente concreto, os seres *arrabaleros*, tem tudo da imponderabilidade dos mundos nebulosos ou da eternidade, porque tudo são efeitos das palavras.

O relato de Rosendo Juárez foi escoimado do que, para o autor, eram excessos de cor local no conto gêmeo [51]. Mesmo assim, os traços típicos do falante foram mantidos, com a diferença de que os processos de estranhamento cuja redundância pode levar à saturação, tornando-se norma, aqui, restringem-se ao ocasional que exacerba seus efeitos como desvios. Assim, embora o autor tenha renunciado às mais ousadas experimentações, a linguagem continua envolvente e instigadora.

A descrição que Borges dá de Rosendo, mostra-o como pessoa discreta, com "algo de autoritário", de aparência decente. A linguagem que a personagem usará vai dar elementos para julgá-lo pelo que diz e pelo como diz.

Na sua fala, a sintaxe caracteriza-se pelos períodos curtos, onde sobressai a justaposição de blocos sintaticamente independentes, no discurso, sem a presença de nexos, firmando-se a parataxe. Esse tipo de construção fora utilizado por Borges, no início, como se pode ver, no primeiro parágrafo, onde as orações justapostas correspondem ao número maior, aparecendo poucas conjunções.

Aqui, para melhor efeito visual, os períodos foram divididos de acordo com a ordem sintática e não fonética, como nos outros casos em que se usou semelhante estratégia:

> No era bajo ni alto;
> parecia un artesano decente,
> quizá un antiguo hombre del campo.
> El bigote ralo era gris.
> Aprensivo a la manera de los porteños,
> no se había quitado la chalina (p. 39).

Nos próximos exemplos, predomina a parataxe:

> Soy Rosendo Juárez.
> El finado Paredes le habrá hablado de mí.
> El viejo tenía sus cosas;
> le gustaba mentir,
> no para engañar,
> *sino* para divertir a la gente.

(...)

---

51. A idéia de excesso é bastante pessoal. Os signos podem possuir uma alta potencialidade para decodificadores além daqueles a quem o artista visa com sua obra. Esses mesmos signos podem ser considerados de baixa potencialidade de acordo com o repertório de outro grupo, em outra época.

> En Morón y luego en el barrio,
> merecí la confianza de mis jefes.
> La policía y el partido me fueron criando
>   [fama de guapo;
> fui um elemento lectoral de valía en atrios
>   [de la capital
> y de la provincia.
> Las elecciones eran bravas entonces;
> no fatigaré su atención, señor, con uno *que*
>   [otro hecho de sangre (pp. 40 e 44).

O *quê* não liga orações, apenas coordena os termos *uno* y *otro*.

Em "Hombre de la Esquina Rosada", a coordenação dos elementos é marcante para mostrar a encadeação das ocorrências, predicativamente aglomeradas em torno de um tema comum: a noite inesquecível [52]. A presença da copulativa *y* pôde ser notada nas amostras comentadas, quando se mostrou a importância da segmentação frasal na impressão de movimento.

No trecho em que Rosendo narra a luta com o adversário, as orações encadeiam-se por coordenação, prevalecendo a aditiva, sempre que o movimento da ação deve impor-se:

> Salimos;
> ya desde la vereda, medio abrió la puerta
>   del almacén
> y dijo a la gente:
> (...)
>
> había visteado muchas veces conmigo
> y yo sentí que iba a achurarme.
> Yo iba por la derecha del callejón
> y él iba por la izquierda.
> (...)
>
> Fue torpezar Garmendia
> y fue venírmele yo encima...
> (...)
>
> Entre sin apuro
> y les dije: (...) (p. 41).

Mesmo quando não há parataxe ou coordenação com conectivos, as orações são curtas, o período se quebra

---

52. Jean Cohen mostra que "a coordenação não passa de um aspecto da predicação (...) Os coordenados devem, portanto, pertencer ao mesmo universo do discurso. Deve existir uma idéia que possa constituir o tema comum. ("Nível Semântico: A Coordenação". In: *Estrutura da Linguagem Poética*, p. 136).

abruptamente, e aí sobressaem as orações equivalentes a adjetivos e substantivos. Note-se o uso abundante da partícula *que* e o recorte rápido das orações:

> Parecía un comité.
> Don Nicolás, *que* estaba mateando, (adj.)
> al fim me atendió.
> Sin mayor apuro me dijo
> *que* me iba a mandar a Morón, (subst.)
> *donde* estaban preparando las elecciones. (adj.)
> Me recomendó al señor Laferer
> *que* me probaría.
> La carta se la escribió un mocito de negro,
> *que* componía versos, (...) (adj.)
> a lo *que* oí, (adj.)
> assuntos *que* no eran... (p. 43.) (adj.)

A redundância da partícula *que* e o estilo fragmentário imprimem à expressão a rudeza do mundo representado; os termos adjetivantes esforçam-se para, de forma rarefeita, encasular os elementos naquilo que lhes é pertinente: seu caráter.

O excesso de adjetivos pode sufocar o substantivo, sua ausência pode, em alguns casos, impedi-lo de realizar-se plenamente. As orações adjetivas, pelas quais Borges nutre afeto (depois de restringir o uso dos adjetivos coordenados, muito encontradiços nos primeiros relatos), buscam o equilíbrio entre o excesso e a ausência, ajudam a compor o cenário e as personagens.

Rosendo dirige-se ao intelocutor de forma respeitosa, como se vê pelo tratamento de cerimônia: 'Usted', 'señor'. Sem afetação, vai desfiando os acontecimentos da vida. A presença do gauchesco está na atmosfera e esta, na sintaxe, na seleção de termos que nomeiam *coisas* gauchescas. O nome das coisas, das personagens é o substantivo; suas características, o adjetivo; o movimento deles é o verbo; logo, esses elementos são alma e corpo da ficção. Se os nomes indicam coisas, eles são responsáveis pelo que se apreende dos locais. Assim *yuyo, palo tiznado, vistear, callejón, achurar, cascotes, horno de ladrillos, zarzo, caña, alazán dorado de linda pinta,* apenas para citar alguns, são significantes que carregam para a história a força contextual do seu significado. Eles dão-lhe vida. Na relação entre os significantes é que se resgatará a voz popular, como em: "Mi madre, pobre la finada, ponía el grito en el cielo" (p. 42). Há o traço afetivo, na expressão que explica o nome e na metáfora, para a qual, no português, o povo criou a réplica: "pôs a boca no mundo". Aí está a defesa da língua argentina: nos termos reconhecíveis pelo usuário que os utiliza e nas imagens que ele fabrica, há o traço de caráter, dado pela maneira como o falante emprega a língua. É o que o autor reproduz e, ao fazê-lo, não traduz a realidade, mas a ilusão dela, já que a narrativa se constrói com signos e não com referentes. A escritura deve mascarar o seu esforço de parecer simples. As armadilhas e os artifícios devem parecer casuais. E, para a estética de Borges, vale a lição de Vieira, no "Sermão da Sexagésima"; no final da análise da sua linguagem, encontra-se o que o autor argentino postula: o estilo deve ser tão claro que o entendam os que não sabem e tão elevado que dê muito o que pensar aos que sabem.

Na fala de Rosendo, há uma construção que ilustra isso. Trata-se da forma verbal, usada metaforicamente, no tempo presente, em: "No sentí miedo; acaso de haberlo sentido, salgo a pelear". Modelo de clareza, traduz o registro popular, e é mais do que aparenta. O tempo da história é o passado, expresso pelas variantes do pretérito, como a forma SENTÍ. Há a locução, formada pelo infinito + particípio, antecedida pelo advérbio de dúvida — acaso — em vez da conjunção condicional. Até aí nada de estranho. Mas não se espera o presente SALGO, espera-se o potencial simples SALDRÍA (correspondente do nosso futuro do pretérito). O simples uso desse presente, metafórico, anula o tempo, como se ação SALGO A PELEAR, fosse comum a todos os tempos; ao usá-lo, a personagem traz o passado ao presente (será o "eterno retorno" borgiano?), apagando a distância, numa completa identidade entre o foi, é e será. Superar o medo não é sintoma acidental, mas permanente na personagem.

O tradutor, diante desses "achados", deve reconstituí-los, para preservar a camada mais profunda do significado. Por isso, usa-se: "no caso de sentir, vou é pra briga". Há o presente metafórico e a corruptela popular.

Se o discurso de Rosendo reflete sua pessoa tal qual é, respeitoso, cuidadoso com o que diz, embora rude e popular, no discurso do comissário, notam-se traços típicos de uma variante popular mais descuidada, não somente quanto à escolha de vocábulos, mas também quanto à sintaxe. E entre o registro da fala de um e outro vão aparecer diferenças.

1.*a* ¿Así es que vos te lo despachaste a Garmendia?

1.*b* Si usted lo dice — contesté.

2.*a* A mí se me dice señor. Nada de agachadas ni de evasivas. Aqui están las declaraciones...

1.*c* Déjeme pensar, señor comisario — atiné a responder.

3.*a* Te doy veinticuatro horas para que lo pensés bien, en el calabozo. No te voy a apurar. Si no querés entrar en razón, ite haciendo a la idea de un descansito en la calle Las Heras.

Os diferentes níveis de fala podem indicar determinados meios sociais e as intenções do falante, ao utilizar esta e não outra variante. A diferença de registros está designada por *a, b, c*. No 1.*a*, nota-se a variante popular portenha, no uso do pronome *vos*, equivalente ao *tu* (singular), com o verbo na segunda pessoa do singular e a presença do *te* (um tipo de dativo de interesse), referindo-se a uma terceira pessoa (Garmendia) com função enfática. É uso generalizado, mostra-se como diferença entre o espanhol e a variante argentina do sistema. Note-se a expressão enfática: "Así es que...", que, como já se apontou, é comum na expressão popular para reforçar a idéia. A metáfora "despachaste" para matar reproduz a *jerga arrabalera* e há o tom autoritário de quem trata com indivíduos, considerados inferiores socialmente, mas de quem se assimilam certos termos característicos.

No 1.*b*, o registro é a norma culta; o tratamento cortês *usted* contrasta com o uso de *vos* (coloquial). A oposição demonstra o tom irônico da resposta de Rosendo, o que é sentido pelo comissário e isso o irrita, conforme se nota em 2.*a*. A forma cortês e distanciada, contrastando com a gíria policialesca, acaba por inferiorizar o delegado.

Em 1.*c*, Rosendo usa o tratamento *señor* exigido pelo comissário, abandona, pois, sua altivez, dobrando-se à autoridade, um tanto apreensivo com a prepotência do interlocutor e suas conseqüências.

Em 3.*a*, a particularidade do registro popular está nas formas verbais. Note-se que, na segunda pessoa do singular dos verbos pensar e querer, se desprezam as alterações normativas. A personagem usa *pensés* e *querés*, reduzindo o ditongo (*pienses* e *quieres*) a simples vogal e desloca o acento para a última sílaba. Depois utiliza a flexão popular do verbo IR (*ite* haciendo) em vez de "te vas haciendo". O comissário devolve a ironia recebida, com o uso da forma *descansito,* diminutiva, metáfora para prisão.

Se a linguagem original tem espessura suficiente para suportar a exegese, a tradução não pode adelgaçar essa estrutura. Deverá persistir nela a mesma possibilidade de análise. Por isso se procurou encontrar na "língua brasileira" correspondentes para a "língua argentina". A ênfase de "Así es que (...) te...", encontra eco em: "Assim é, então, que...". Tenta-se mostrar com palavras que se atropelam desnecessariamente a empáfia do comissário. "Si usted lo dice..." é resolvido com: "Quem o diz é que sabe". A evasiva irônica está na recusa de um tratamento direto ao interlocutor. Para "Déjeme pensar...", usa-se a forma popular de colocação do pronome no início da oração, assim como em "Te doy...", traduzido por: "Te dou vinte... e você que vá pensar..." A mistura dos pronomes de segunda e terceira pessoas (tu e você) é comum na variante popular brasileira da língua.

Em "Historia de Rosendo Juárez", a maior proximidade com a escritura de Guimarães Rosa está na sintaxe. A construção de orações absolutas, curtas, o estilo paratático que transfere a atmosfera tensa, o cenário rude, a vida áspera para os textos de Borges está também em Rosa.

A parataxe já aparecia nas línguas antigas e, segundo Auerbach,

(...) era própria do estilo baixo, era mais falada que escrita, de caráter mais cômico-realista do que sublime [53].

Na análise da "Canção de Rolando", o autor mostra o que a parataxe ali revela:

Todas as ordens da vida, e também a ordem do além, são unívocas, inamovíveis, fixadas formalmente [54].

O autor cita, depois, a "Canção de Aleixo" (do século XI), onde se delineia, por meio da parataxe, um mundo fechado:

(...) nele se trata (...) de uma única pergunta (...) à qual o homem só deve dar a resposta adequada. Sabe qual o caminho que deve percorrer, ou antes, há um só caminho aberto, não há

---

53. *Mimesis,* p. 95.
54. *Idem,* p. 95.

outros. Também sabe que encontrará uma encruzilhada. Sabe também, finalmente, que então deverá escolher a direita, não obstante o Tentador o alicie para a esquerda [55].

É possível, portanto, a partir do microtexto, passar à instância superior do contexto e da relação entre este e o universo extralingüístico. Certamente, não se pretende estabelecer paralelo entre a linguagem borgiana e a das "canções de gesta"; mas, se a linguagem destas revela a ordem do universo de que são parte, o estilo daquela, onde sobressai a densidade do contexto, se liga, de forma íntima, à maneira como Borges concebe o mundo; nos textos gauchescos essa concepção aparece residual, substrato, mas não poderia estar ausente, porque, se a língua e a visão de mundo são indissociáveis, a linguagem é a maneira pela qual aquela entidade se manifesta como ato comunicativo.

E a visão borgiana parece paratática: o mundo é caótico, ou uma seqüência de elementos independentes, pseudo-organizados, para a qual não se pode descobrir uma razão lógica [56]. A natureza das coisas pode obedecer ao movimento de extrema expansão, como o labirinto de T'sui Pen ("El Jardín de Senderos que se Bifurcan" — *Ficciones*) ou, ao contrário, de retração e convergência infinita, como no "Aleph" — *El Aleph,* mas sempre se concebe fragmentária, dotada de reflexos múltiplos e a ordenação da obra, em mosaico, é prova disso. A ordem caótica do mundo é responsável pela atitude do autor diante do como a vida se processa para os seres: cindida pelas armadilhas do destino, ilógica; vida desvalida do homem, perplexo nas encruzilhadas, nos labirintos, nos muitos caminhos, sem vereda de saída.

Veja-se o exemplo de outro mundo também rude, ilógico, primitivo. Em Guimarães Rosa, tome-se a página 26, a partir de "Matar, matar, sangue manda sangue..." até a página 27 (*Grande Sertão: Veredas*) "(...) o segredo dele era de pedra". Há predominância absoluta da parataxe, com a presença mínima de conjunções e algumas orações reduzidas.

---

55. *Idem*, p. 97.
56. No relato que faz de Tlön, a certa altura da descrição do estranho planeta, o autor diz de seus habitantes: "El mundo para ellos no es un concurso de objetos en el espacio; es una serie heterogénea de actos independientes. Es sucesivo, temporal, no espacial" (*Ficciones*, p. 21). E esse relato é uma paródia do nosso mundo.

Para ilustrar, transcreve-se um trecho:

> Calados.
> Me alembro, ah.
> Os sapos.
> Sapo tirava saco de sua voz, vozes de osga, idosas.
> Eu olhava para a beira do rego.
> A ramagem toda do agrião — o senhor conhece —
> às horas dá de si uma luz, nessas escuridões:
> olha a folha, — um fosforém —
> agrião acende de si, feito eletricidade.
> E eu tinha medo.
> Medo em alma.
> Não respondi.
> Não adiantava.
> Diadorim queria o fim.
> Para isso a gente estava indo. (...) (p. 26).

Num texto tão extenso como *Grande Sertão: Veredas*, não se pode afirmar a predominância da parataxe: a demonstração exaustiva não é necessária [57]. Apenas colhem-se exemplos, onde o fenômeno é mais evidente, para comparar.

Na dramática procura do Liso do Sussuarão, comandados por Medeiro Vaz, os jagunços sofrem privações:

> Nem menos sinal de sombra.
> Água não havia.
> Capim não havia (...).
> Os cavalos gemiam descrença.
> Já poucos forneciam.
> E nós estávamos perdidos.
> Nenhum poço não se achava.
> Aquela gente toda sapirava de olhos vermelhos,
> arroxeavam as caras.
> A luz assassinava demais... (p. 42).

Quanto à linguagem de Guimarães Rosa, a proximidade com as "Canções de Gesta", paratáticas, não parece absurda. Em primeiro lugar, porque, no afã de renovar a tradição, os autores latino-americanos foram empós das formas literárias esquecidas, inserindo-as num novo contexto. O problema, discutido antes, retorna como refluxo da maré analítica ou reflexo do enfoque anterior. O mito do demônio, arquetípico, é retomado, após percorrer a

---

57. "Uma contagem que ninguém irá fazer revelaria o predomínio em *Grande Sertão: Veredas*, da oração coordenada sobre a subordinada." (SCHWARZ, R. "Grande Sertão: A Fala". In: *A Sereia e o Desconfiado*, p. 39).

Literatura, desde as origens premedievais até as "máquinas narrativas" contemporâneas. Contaminou mesmo a imagem dos artistas, pela condição de criadores, considerados pactários, feiticeiros. Assim, Rosa retraz a tradição das gestas e das hagiografias medievais.

Em segundo lugar, conforme já foi visto em vários estudos (A. Candido, C. Proença, entre outros), em *Grande Sertão: Veredas*, aglutinam-se os temas das formas primitivas: façanhas belicosas, musa inspiradora (Otacília para A. Candido). Os chefes parecem decalcar-se nas figuras lendárias e heróicas, portadoras de traços simbólicos reconhecíveis: o Rei Arthur e a justiça (Joca Ramiro), Alexandre, o incendiário (Medeiro Vaz), Carlos Magno, o convertido (Zé Bebelo).

Em terceiro lugar, as "Canções de Gesta" eram difundidas oralmente e a fixação, em escritura, cristalizou o que a fluência da fala criara.

Se a parataxe, na "Canção de Gesta", determina um mundo fechado na sua primitividade, de certa forma essa clausura atinge Riobaldo, que se debate diante da mesma pergunta medieval, da mesma encruzilhada, onde o Tentador espera. Todavia, o mundo rosiano apresenta a abertura que falta nas novelas: a incerteza, o princípio de reversibilidade; naquelas, apesar do maravilhoso, tudo era, ou não era, era e deixava de ser; no sertão, tudo é e não é, ao mesmo tempo.

Concluindo, Riobaldo é o menestrel do sertão; da sua fala descansada renasce a tradição medieval, e Guimarães Rosa, ao fixar essa fala, na escritura, traduziu-a, conservando, porém, as características "ontológicas" da linguagem original.

Há quem diga que o autor não é o melhor crítico de sua obra e, na realidade brasileira, isso parece ter surtido efeito. Poucos são os ficcionistas que dão ao público as conformações de sua poética.

Quanto a Borges, a auto-análise do fazer literário é mais do que apêndice da ficção, entrelaça-se com ela, numa constante discussão de práticas de estilo. Esse poder exegético do que produziu e do que outros produziram leva-o a rever permanentemente sua arte. Mas há um fio condutor que traz o passado ao presente, como é o caso de certos termos que, aqui e ali, se conservam, pelo menos nos textos em destaque.

Borges tem trazido a musa sob as rédeas curtas da reflexão. Por isso, no último relato traduzido e comentado, nota-se a depuração lingüística, apogeu a que ascende "un hombre en los lindes de la vejez, que conoce el oficio", como diz no Prólogo de *El Informe de Brodie*. Por aí, como conclusão, vê-se que, dificilmente, se dirá de Borges algo que ele próprio já não tenha dito:

> He renunciado a las sorpresas de un estilo barroco; también a las que quiere deparar un final imprevisto. He preferido, en suma, la preparación de una expectativa a la de un asombro. Durante muchos años creí que me sería dado alcanzar una buena página mediante variaciones y novedades; ahora, cumplidos los setenta, creo haber encontrado mi voz. Las modificaciones verbales no estropearán ni mejorarán lo que dicto, salvo cuando éstas pueden aligerar una oración pesada o mitigar un énfasis. Cada lenguaje es una tradición, cada palabra, un símbolo compartido; es baladí lo que un innovador es capaz de alterar; recordemos la obra espléndida pero no pocas veces ilegible de un Mallarmé o de un Joyce. Es verosímil que estas razonables razones sean un fruto de la fadiga. La ya avanzada edad me ha enseñado la resignación de ser Borges [58].

Talvez, o que valha não seja a procura de algo que Borges não tenha dito, mas a compreensão e comunhão com o que disse. É sempre possível descobrir, nas palavras claramente expressas, as armadilhas, engendradas, as artimanhas secretas que se escondem sob a aparência de modesta limpidez. Não desponta ali a vaidade, borgianamente condenada, mas a valorização do leitor, dentro do princípio da Poética da Leitura, capaz de penetrar no indefinível, não para cumprir a impossibilidade de esclarecê-lo, mas para compartilhar o prazer inexaurível das formas e dos efeitos.

A obra borgiana, como sistema-aberto, aponta para o infinito e quem a ela se dedica deve integrar-se na condição de participante, recriando-a. Assim, não cabe ao leitor/tradutor, ao leitor/crítico senão um encerramento definitivamente provisório.

---

58. *Op. cit.*, p. 12 (Prólogo).

BIBLIOGRAFIA

Jorge Luis Borges *

——————. *El Idioma de los Argentinos*. Buenos Aires, M. Gleizer, Editor, 1928. (Colección Indice).
——————. *Nueva Antología Personal*. Madrid, Emecé Editores, Alianza Editorial, 1967.
——————. *Nova Antologia Pessoal*. Trad. de Maria Julieta Graña e Marly de Oliveira Moreira. Rio de Janeiro, Editora Sabiá, 1969.
——————. *El Informe de Brodie*. Madrid, Emecé Editores, Alianza Editorial, 1982.
——————. *O Informe de Brodie*. Ensaio introdutório de Regina L. Zilberman e Maria da Glória Bordini. Trad. de Hermilo Borba Filho. Porto Alegre, Ed. Globo, 1976.

* Os textos utilizados para a nossa tradução foram confrontados com as versões existentes entre nós, por isso, citam-se as fontes de Borges, publicadas em português.

———————. *Elogio da Sombra (poemas) Perfis (um ensaio autobiográfico)*. Trad. de Carlos Nejar *et alii*. 2. ed., Porto Alegre, Ed. Globo, 1977.

———————. *Otras Inquisiciones*. Madrid, Emecé Editores, Alianza Editorial.

———————. *Inquisiciones*. Buenos Aires, Editorial Proa, 1925.

———————. *Discusión*. Madrid, Emecé Editores, Alianza Editorial, 1976.

———————. *Ficciones*. Madrid, Emecé Editores, Alianza Editorial, 1982.

———————. *Ficções*. Trad. de Carlos Nejar. 3. ed., Porto Alegre, Editora Globo, 1982.

———————. *História Universal da Infâmia*. Com ensaio introdutório de Regina L. Zilberman e Ana Mariza R. Filipouski. Trad. de Flávio José Cardoso. 2. ed., Porto Alegre, Ed. Globo, 1978.

———————. *El "Martín Fierro"*. Con la colaboración de Margarita Guerrero. 2. ed. Ed. Columba, 1953.

———————. *La Poesía Gauchesca*. Conferencia de 17/mayo/1960. Buenos Aires (Centro de Estudos Brasileiros).

———————. *Prólogos con un Prólogo de Prólogos*. Buenos Aires, Torres Agüero Editor, 1975.

———————. *Prólogos: com um Prólogo dos Prólogos*. Trad. de Ivam Junqueira. Rio de Janeiro: Rocco, 1985.

——————— e SÁBATO, E. — *Diálogos*. Organizado por Orlando Barone. Buenos Aires, Emecé Editores, 1976.

———————. *Elogio de la Sombra*.

———————. *História Universal de la Infamia* (1935).

———————. *El Informe de Brodie* (1970).

———————. *Evaristo Carriego* (1930) In: *Obras Completas* (1923-1972). (11.ª impr. julio/1980.) Buenos Aires, Emecé Editores, 1974.

———————. *La muerte y la Brújula*. Buenos Aires, Emecé Editores, 1951.

Acerca do Autor

ALAZRAKI, Jaime. *Jorge Luis Borges*. Madrid-1. Tamus Ediciones S.A., 1976. (Serie El Escritor y la Crítica).

ANDRADE, Mário de. "Literatura Modernista Argentina III." In: *Boletim Bibliográfico — Biblioteca Mário de Andrade*. São Paulo, Secretaria Municipal de Cultura, v. 45 n. (1/4).

ARRIGUCCI, JR. "Da Fama e da Infâmia (Borges no Contexto literário latino-americano." In: *Boletim Bibliográfico — Biblioteca Mário de Andrade*.

BALDERSTON, DANIEL. *El Precursor Velado: R. L. Stevenson en la Obra de Borges*. Trad. por Eduardo Paz Leston. Buenos Aires, Editorial Sudamericana, 1985.

BARRENECHEA, A. M. *La Expresión de la Irrealidad en la Obra de Jorge Luis Borges*. 2. ed., Buenos Aires, Paidós, 1967.

BLANCHOT, M. "L'Infini Littéraire: El Aleph." In: *Le Livre à Venir*. Paris, Gallimard, 1959.

BERVEILLER, Michel. *Le Cosmopolitisme de Jorge Luis Borges*. Publications de la Sorbonne — Université de Paris III — Sorbonne Nouvelle, Littérature 4, Didier (1952).

CAMPOS, V. M. de. "O Hemisfério Lunar de Borges numa Leitura à Luz da Tradução." In: *Boletim Bibliográfico — Biblioteca Mário de Andrade*.

COZARINSKY, Edgardo. *Borges en y Sobre Cin*. Madrid, Ediciones Alphaville, 1981.

GENETTE, G. "A Utopia Literária." In: *Figuras*. Trad. de Ivonne Floripes Mantoanelli. São Paulo, Ed. Perspectiva, 1972 (Debates).

MONEGAL, E.R. *Borges: Uma Poética da Leitura*. Trad. de Irlemar Chiampi. São Paulo, Ed. Perspectiva, 1980. (Debates).

——————. *Jorge Luis Borges, A Literary Biography*. New York, E.P. Dutton, 1978.

——————. *Mário de Andrade/Borges: Um Diálogo dos Anos 20*. Trad. de Maria Augusta da C. V. Helene. São Paulo, Ed. Perspectiva, 1978 (Elos).

SARLO, B. "Na Origem da Cultura Argentina." *Folha de S. Paulo*. 5 out. 1986, n.º 504 (Folhetim — Supl. Cultural).

João Guimarães Rosa

——————. *Grande Sertão: Veredas*. 11. ed. Rio de Janeiro, José Olímpio Editor, 1976.

Acerca do autor

CAMPOS, H. de. "A Linguagem do Iauaretê." In: *Metalinguagem*. Ensaios de Teoria e Crítica Literária. 2. ed. Petrópolis, Ed. Vozes Ltda., 1970 (Col. Nosso Tempo).

CAMPOS, Augusto de. "Um Lance de 'Dês' do Grande Sertão:". In: *Guiuarães Rosa*. Rio de Janeiro: Civilização Brasileira; (Brasília): INL, 1983. (Col. Fortuna Crítica).

CANDIDO, Antonio. "O Homem dos Avessos." In: *Tese e Antítese*. São Paulo, Companhia Edtora Nacional, 1963 (vol. 1.)

——————. "Jagunços Mineiros de Cláudio a Guimarães Rosa." In: *Vários Escritos*. 2. ed. São Paulo, Livraria Duas Cidades, 1977.

CASTRO, M. António de. *O Homem Provisório no Grande Ser-tão*. (Estudo de *Grande Sertão: Veredas*). Rio de Janeiro, Tempo Brasileiro: Brasília, INL., 1976 (Tempo Universitário).

COELHO, Nelly e VERSIANI, Ivana. *Guimarães Rosa* (Dois Estudos). São Paulo, Ed. Quíron, Brasília, INL., 1975 (Col. Escritores de Hoje, 4).

COUTINHO, Eduardo F. (Org.). *Guimarães Rosa*. Rio de Janeiro, Civilização Brasileira; (Brasília); INL., 1983 (Col. Fortuna Crítica).

COVIZZI, Lenira Marques. *O Insólito em Guimarães Rosa e Borges*. São Paulo, Ática, 1978 (Ensaios; 49).

DIAS, F.C. "Aspectos Sociológicos de Grande Sertão: Veredas". In: *Guimarães Rosa*. (Coleção Fortuna Crítica).

GARBUGLIO, J. C. *O Mundo Movente de Guimarães Rosa*. São Paulo, Ática, 1972.

HOISEL, E. de C. de Sá. "Elementos Dramáticos da Estrutura de *Grande Sertão: Veredas*." In: *Guimarães Rosa*. (Col. Fortuna Crítica).

LOPES, Óscar. "Cosmorama de Guimarães Rosa." In: *Ler e Depois*. Crítica e Interpretação Literária. Porto, Editorial Nova, s/d.

LORENZ, G. "Diálogo com Guimarães Rosa". In: *Guimarães Rosa*. (Col. Fortuna Crítica).

MACHADO, Ana Maria. *Recado do Nome: Leitura de Guimarães Rosa à Luz do Nome de seus Personagens*. Rio de Janeiro, Imago, 1976 (Logoteca).

MARQUES, O. "O Repertório Verbal." In: *Guimarães Rosa*. (Col. Fortuna Crítica).

PROENÇA, M. Cavalcanti. *Trilhas no Grande Sertão*. MEC. Serviço de Documentação. São Paulo, s/d.

SCHWARZ, Roberto. "Grande Sertão: a Fala" e "Grande Sertão e Dr. Faustus." In: *A Sereia e o Desconfiado*. 2. ed. Rio de Janeiro, Paz e Terra, 1981 (Col. Literatura e Teoria Literária).

XISTO, Pedro, CAMPOS, H. e CAMPOS, A. de. *Guimarães Rosa em Três Dimensões*. São Paulo, Conselho Estadual de Cultura, Comissão de Literatura, 1970.

—————. "À Procura da Poesia". In: *Guimarães Rosa*. (Col. Fortuna Crítica).

Dicionários

ALMOYNA, Julio Martínez. *Dicionário Espanhol-Português*. Porto, Porto Editora Ltda., s/d.

ALONSO, Martín. *Diccionario del Español Moderno*. 5. ed., Madrid, Aguilar Ediciones, 1978.

BUENO, F. da Silveira. *Grande Dicionário Etimológico-Prosódico da Língua Portuguesa*. Santos, Editora Brasília Ltda.

CALDAS AULETE. *Dicionário Contemporâneo da Língua Portuguesa*. Revisão de Hamílcar Garcia e prefácio de Antenor Nascentes, 5. ed. revista. Rio de Janeiro, Editora Delta S.A., 1970, (5 vol.).

COLUCCIO, Felix. *Diccionario Folklórico Argentino*. Con la colaboración de Suzana Beatriz Coluccio. 1. ed. popular. Buenos Aires, Luis Lasserre y Cia S.A. Editores, 1964. Tomos I e II.

FERREIRA, Aurélio B. de H. *Novo Dicionário da Língua Portuguesa*. 1. ed. Rio de Janeiro, Editora Nova Fronteira S.A.

GOBELLO, José. *Diccionario Lunfardo y de Otros Términos Antiguos y Modernos Usuales en Buenos Aires*. A. Peña Lillo Editor, S.R.L.

REAL ACADEMIA ESPAÑOLA. *Diccionario Manual e Ilustrado de la Lengua Española*. 2. ed. Madrid, Espasa-Calpe, S.A. 1950.

TORO Y GISBERT, Miguel de. *Pequeño Larousse Ilustrado*. Refundido y aumentado por Ramón García-Pelayo y Gross. Buenos Aires, Ediciones Larousse Argentina, 1964.

Glossário

LOPES NETO, Simões. *Contos Gauchescos e Lendas do Sul*. Com introdução, notas e glossário por Aurélio Buarque de Hollanda, prefácio e notas de Augusto Meyer e posfácio de Carlos Reverbel. 2. ed. Porto Alegre, Editora Globo S.A., 1961 (Col. Província).

REVERBEL, Carlos (org.) *Entrevero*. Antologia de textos gauchescos, com vocabulário de termos gauchescos. Porto Alegre, L&PM Editores Ltda. s/d. (Coleção Adão Juvenal de Souza).

Da tradução

CAMPOS, Haroldo de. *Metalinguagem*. Ensaios de Teoria e Crítica Literária. 2. ed. Petrópolis, Ed. Vozes, 1970 (Coleção Nosso Tempo).

——————. *A Operação do Texto*. São Paulo, Ed. Perspectiva, 1976 (Coleção Debates).

——————. "A Poética da Tradução." (vários ensaios) In: *A Arte no Horizonte do Provável*. São Paulo, Ed. Perspectiva. 1975 (Coleção Debates).

——————. "Paul Valéry e a Poética da Tradução". *Folha de S. Paulo*, 27 jan. 1985 (Suplemento Literário).

——————. "Minha Relação com a Tradição é Musical." *Folha de São Paulo*, 21 ago. 1983 (Suplemento Literário).

——————. "Bereshit — A Gesta da Origem." *Folha de S. Paulo*. 12 fev. 1984 (Suplemento Literário).

——————. *et alli*. "Tradução-Traição". *Folha de S. Paulo*, 18 set. 1983 (Suplemento Literário).

——————. *Tradução, Ideologia e História*. Cadernos do MAM. Rio de Janeiro, n.º 1, dez./1983.

JAKOBSON, Roman. "Os Aspectos Lingüísticos da Tradução". In: *Lingüística e Comunicação*. Prefácio de Isidoro Blikstein. Trad. de Isidoro Blikstein e José Paulo Paes. 4. ed. revista. São Paulo, Ed. Cultrix, s/d.

MOUNIN, Georges. *Os Problemas Teóricos da Tradução*. São Paulo, Ed. Cultrix, 1975.

MESCHONNIC, Henri. "Propositions pour une poétique de la traduction". In: *Pour la Poétique,* II, Paris, Gallimard, 1973.

PAZ, Octavio. "Traducción: Literatura y Literalidad". In: *Cuadernos Marginales,* 18, Barcelona, Tusquets Editor, 1971.

——————. "O Enigma das Línguas". *O Estado de S. Paulo*, 11 set. 1983 (Suplementos Cultural).

Obras Gerais

AUERBACH, Erich. "Nomeação de Rolando como Chefe da Retaguarda do Exército Franco". In: *Mimesis*. 2. ed. revisada. São Paulo, Ed. Perspectiva, 1976 (Col. Estudos).

BARTHES, R. "Análise Textual de um Conto de Poe". In: *Semiótica Narrativa e Textual*. Trad. de Leyla Perrone-Moisés *et alii*. São Paulo, Ed. Cultrix/Edusp, 1977.

——————. "O que é a Escritura?" e "Existe uma Escritura Poética?" In: *Novos Ensaios Críticos* (seguidos de) *O Grau Zero da Escritura*. Trad. de Heloysa de Lima Dantas e Anne Arnichand e Álvaro Lorencini. São Paulo, Ed. Cultrix, s/d.

BROD, Max. "Posfácios — Apêndice III." In: KAFKA, F *O Processo*. Trad. de Manoel Paulo Ferreira. São Paulo, Círculo do Livro, S.A., 1963.

CAMPOS, Haroldo de. *Ruptura dos Gêneros na Literatura Latino-Americana*. São Paulo, Ed. Perspectiva, 1977.

——————. *el alii*. *Teoria da Poesia Concreta: Textos Críticos e Manifestos 1950-1960*. São Paulo, Duas Cidades, 1975.

——————. "A recusa à forma epigonal da épica — Iracema: uma arqueografia de vanguarda." *Jornal da Tarde*, São Paulo, 2 jan. 82 (Ensaio — Caderno de Programas e Leituras).

CARILLA, Emílio. "El Cuento Literario." In: *El Cuento Fantástico*. Buenos Aires, Editorial Nova, s/d.

CHAVES, Flávio L. *Simões Lopes Neto: Regionalismo & Literatura*. Porto Alegre, Mercado Aberto, 1982 (Documenta, 12).

CLEMENTE, J. E. "El Idioma de Buenos Aires." In: *El Lenguaje de Buenos Aires,* Buenos Aires, Emecé Editores, 1963.

COHEN, J. "Nível Semântico: A Coordenação." In: *Estrutura da Linguagem Poética*. Trad. de Álvaro Lorencini e Anne Arnichand. São Paulo, Cultrix/Edusp, 1974.

ECO, U. "James Bond: Uma Combinatória Narrativa." In: *As Estruturas Narrativas*. Trad. de Leyla Perrone-Moisés. 2. ed. São Paulo, Ed. Perspectiva, 1970 (Col. Debates).

——————. "A Poética da Obra Aberta." In: *Obra Aberta*. Trad. de Sebastião Uchoa Leite. 2. ed. São Paulo, Ed. Perspectiva, 1976 (Debates 4).

EIKHENBAUM, B. — "Sobre a Teoria da Prosa." In: *Teoria da Literatura — Formalistas Russos*. Org., apres. e apêndice de Dionisio de O. Toledo, prefácio de Bóris Schnaiderman. Tradução de Ana Mariza R. Filipouski *et alii*. 1. ed. Porto Alegre, Ed. Globo, 1973.

FRYE, Northrop. *Anatomia da Crítica*. Trad. de Péricles Eugênio da Silva Ramos. São Paulo, Ed. Cultrix, s/d.

HERNÁNDEZ, José. *Martín Fierro,* 17.ª edición. Buenos Aires. Espasa-Calpe, Argentina, S.A. 1973 (Col. Austral n.º 8).

——————. "Historia Viva 1816-1966. 150 años de la vida del país en las entrañas del mundo." *La Razón,* Buenos Aires, 9 jul. 1966.

JAKOBSON, Roman. "O que é Poesia?" In: *Círculo Lingüístico de Praga. Estruturalismo e Semiologia*. Org. por Dionísio de O. Toledo, introd. de Julia Kristeva. Trad. de Zênia de Faria *et alii*. Porto Alegre, Ed. Globo, 1978. (Col. Literatura: Teoria e Crítica).

——————. *Fonema e Fonologia. Ensaios*. Org. e Tradução de

J. Mattoso Câmara Jr. Rio de Janeiro, Livraria Acadêmica, 1967.

JOLLES, André. *Formas Simples*. Trad. de Álvaro Cabral. São Paulo, Ed. Cultrix, s/d.

LANCELOTTI, Mario A. *Teoría del Cuento*. Buenos Aires, Ediciones Culturales Argentinas, Ministerio de Cultura y Educación, 1973.

LEITE, Lígia C. Morais. *Regionalismo e Modernismo*. São Paulo, Ática, 1978 (Ensaios, 52).

LUKÁCS, Georg. *Teoria do Romance*. Trad. de Alfredo Margarido. Lisboa, Editorial Presença, s/d. (Bibl. de Ciências Humanas).

MONEGAL, Emir R. "Tradição e Renovação." In: *América Latina em sua Literatura*. Coordenação e Introdução de César Fernandez Moreno. Trad. de Luiz João Gaio. São Paulo, Ed. Perspectiva, 1979 (Col. Estudos).

MOYA, Ismael *Didáctica del Folklore*. 2. ed. corrigida y aumentada. Buenos Aires, Editorial Schapire, S.R.L. 1956.

OMIL, A. e PIÉROLA, R. *El Cuento y sus Claves*. Buenos Aires, Editorial Nova, s/d.

RIFATERRE, Michel. *Estilística Estrutural*. Trad. de Anne Arnichand e Álvaro Lorencini. São Paulo, Ed. Cultrix, s/d.

SAER, Juan José. "A Literatura e as Novas Linguagens." In: *América Latina em sua Literatura*. São Paulo, Ed. Perspectiva, 1979 (Col. Estudos).

TODOROV, T. *"As Categorias da Narrativa Literária."* In: *Análise Estrutural da Narrativa*. Introd. à ed. brasileira por Milton José Pinto. Trad. de Maria Zélia Barbosa Pinto. 4. ed. Petrópolis, Ed. Vozes, 1976 (Col. Novas Perspectivas de Com. I).

——————. "A Narrativa Primordial" e "Os Homens-Narrativas." In: *Análise Estrutural da Narrativa*, cit.

——————. *As Estruturas Narrativas*. Trad. de Leyla Perrone-Moisés. 2. ed. São Paulo, Ed. Perspectiva, 1970 (Coleção Debates).

TOMACHEVSKI, B. "Sobre o Verso". In: *Teoria da Literatura — Formalistas Russos,* Porto Alegre, Ed. Globo, 1973.

TYNIANOV, Y. "Da Evolução Literária." In: *Teoria da Literatura — Formalistas Russos,* Porto Alegre, Ed. Globo, 1973.

XIRAU, Ramón. "Crise do Realismo." In: *América Latina em sua Literatura,* São Paulo, Ed. Perspectiva, 1979 (Col. Estudos).

COLEÇÃO DEBATES

1. *A Personagem de Ficção*, Antonio Candido e outros.
2. *Informação, Linguagem, Comunicação*, Décio Pignatari.
3. *Balanço da Bossa e Outras Bossas*, Augusto de Campos.
4. *Obra Aberta*, Umberto Eco.
5. *Sexo e Temperamento*, Margaret Mead.
6. *Fim do Povo Judeu?*, Georges Friedmann.
7. *Texto/Contexto*, Anatol Rosenfeld.
8. *O Sentido e a Máscara*, Gerd A. Bornheim.
9. *Problemas da Física Moderna*, W. Heisenberg e outros.
10. *Distúrbios Emocionais e Anti-Semitismo*, N. W. Ackermann e M. Jahoda.
11. *Barroco Mineiro*, Lourival Gomes Machado.
12. *Kafka: Pró e Contra*, Günther Anders.
13. *Nova História e Novo Mundo*, Frédéric Mauro.
14. *As Estruturas Narrativas*, Tzvetan Todorov.
15. *Sociologia do Esporte*, Georges Magnane.
16. *A Arte no Horizonte do Provável*, Haroldo de Campos.
17. *O Dorso do Tigre*, Benedito Nunes.
18. *Quadro da Arquitetura no Brasil*, Nestor G. Reis Filho.

19. *Apocalípticos e Integrados*, Umberto Eco.
20. *Babel & Antibabel*, Paulo Rónai.
21. *Planejamento no Brasil*, Betty Mindlin Lafer.
22. *Lingüística. Poética. Cinema*, Roman Jakobson.
23. *LSD*, John Cashman.
24. *Crítica e Verdade*, Roland Barthes.
25. *Raça e Ciência I*, Juan Comas e outros.
26. *Shazam!*, Álvaro de Moya.
27. *Artes Plásticas na Semana de 22*, Aracy Amaral.
28. *História e Ideologia*, Francisco Iglésias.
29. *Peru: da Oligarquia Econômica à Militar*, A. Pedroso d'Horta.
30. *Pequena Estética*, Max Bense.
31. *O Socialismo Utópico*, Martin Buber.
32. *A Tragédia Grega*, Albin Lesky.
33. *Filosofia em Nova Chave*, Susanne K. Langer.
34. *Tradição, Ciência do Povo*, Luís da Câmara Cascudo.
35. *O Lúdico e as Projeções do Mundo Barroco*, Affonso Ávila.
36. *Sartre*, Gerd A. Bornheim.
37. *Planejamento Urbano*, Le Corbusier.
38. *A Religião e o Surgimento do Capitalismo*, R. H. Tawney.
39. *A Poética de Maiakóvski*, Boris Schnaiderman.
40. *O Visível e o Invisível*, Marcel Merleau-Ponty.
41. *A Multidão Solitária*, David Riesman.
42. *Maiakóvski e o Teatro de Vanguarda*, A. M. Ripellino.
43. *A Grande Esperança do Século XX*, J. Fourastié.
44. *Contracomunicação*, Décio Pignatari.
45. *Unissexo*, Charles F. Winick.
46. *A Arte de Agora, Agora*, Herbert Read.
47. *Bauhaus: Novarquitetura*, Walter Gropius.
48. *Signos em Rotação*, Octavio Paz.
49. *A Escritura e a Diferença*, Jacques Derrida.
50. *Linguagem e Mito*, Ernst Cassirer.
51. *As Formas do Falso*, Walnice Nogueira Galvão.
52. *Mito e Realidade*, Mircea Eliade.
53. *O Trabalho em Migalhas*, Georges Friedmann.
54. *A Significação no Cinema*, Christian Metz.
55. *A Música Hoje*, Pierre Boulez.
56. *Raça e Ciência II*, L. C. Dunn e outros.
57. *Figuras*, Gérard Genette.
58. *Rumos de uma Cultura Tecnológica*, Abraham Moles.
59. *A Linguagem do Espaço e do Tempo*, Hugh M. Lacey.
60. *Formalismo e Futurismo*, Krystyna Pomorska.
61. *O Crisântemo e a Espada*, Ruth Benedict.
62. *Estética e História*, Bernard Berenson.
63. *Morada Paulista*, Luís Saia.
64. *Entre o Passado e o Futuro*, Hannah Arendt.
65. *Política Científica*, Heitor G. de Souza e outros.
66. *A Noite da Madrinha*, Sérgio Miceli.
67. *1822: Dimensões*, Carlos Guilherme Mota e outros.
68. *O Kitsch*, Abraham Moles.
69. *Estética e Filosofia*, Mikel Dufrenne.
70. *O Sistema dos Objetos*, Jean Baudrillard.
71. *A Arte na Era da Máquina*, Maxwell Fry.
72. *Teoria e Realidade*, Mario Bunge.
73. *A Nova Arte*, Gregory Battcock.
74. *O Cartaz*, Abraham Moles.

75. *A Prova de Gödel*, Ernest Nagel e James R. Newman.
76. *Psiquiatria e Antipsiquiatria*, David Cooper.
77. *A Caminho da Cidade*, Eunice Ribeiro Durhan.
78. *O Escorpião Encalacrado*, Davi Arrigucci Júnior.
79. *O Caminho Crítico*, Northrop Frye.
80. *Economia Colonial*, J. R. Amaral Lapa.
81. *Falência da Crítica*, Leyla Perrone Moisés.
82. *Lazer e Cultura Popular*, Joffre Dumazedier.
83. *Os Signos e a Crítica*, Cesare Segre.
84. *Introdução à Semanálise*, Julia Kristeva.
85. *Crises da República*, Hannah Arendt.
86. *Fórmula e Fábula*, Willi Bolle.
87. *Saída, Voz e Lealdade*, Albert Hirschman.
88. *Repensando a Antropologia*, E. R. Leach.
89. *Fenomenologia e Estruturalismo*, Andrea Bonomi.
90. *Limites do Crescimento*, Donella H. Meadows e outros (Clube de Roma).
91. *Manicômios, Prisões e Conventos*, Erving Goffman.
92. *Maneirismo: O Mundo como Labirinto*, Gustav R. Hocke.
93. *Semiótica e Literatura*, Décio Pignatari.
94. *Cozinhas, etc.*, Carlos A. C. Lemos.
95. *As Religiões dos Oprimidos*, Vittorio Lanternari.
96. *Os Três Estabelecimentos Humanos*, Le Corbusier.
97. *As Palavras sob as Palavras*, Jean Starobinski.
98. *Introdução à Literatura Fantástica*, Tzvetan Todorov.
99. *Significado nas Artes Visuais*, Erwin Panofsky.
100. *Vila Rica*, Sylvio de Vasconcellos.
101. *Tributação Indireta nas Economias em Desenvolvimento*, J. F. Due.
102. *Metáfora e Montagem*, Modesto Carone.
103. *Repertório*, Michel Butor.
104. *Valise de Cronópio*, Julio Cortázar.
105. *A Metáfora Crítica*, João Alexandre Barbosa.
106. *Mundo, Homem, Arte em Crise*, Mário Pedrosa.
107. *Ensaios Críticos e Filosóficos*, Ramón Xirau.
108. *Do Brasil à América*, Frédéric Mauro.
109. *O Jazz, do Rag ao Rock*, Joachim E. Berendt.
110. *Etc..., Etc... (Um Livro 100% Brasileiro)*, Blaise Cendrars.
111. *Território da Arquitetura*, Vittorio Gregotti.
112. *A Crise Mundial da Educação*, Philip H. Coombs.
113. *Teoria e Projeto na Primeira Era da Máquina*, Reyner Banham.
114. *O Substantivo e o Adjetivo*, Jorge Wilheim.
115. *A Estrutura das Revoluções Científicas*, Thomas S. Kuhn.
116. *A Bela Época do Cinema Brasileiro*, Vicente de Paula Araújo.
117. *Crise Regional e Planejamento*, Amélia Cohn.
118. *O Sistema Político Brasileiro*, Celso Lafer.
119. *Êxtase Religioso*, Ioan M. Lewis.
120. *Pureza e Perigo*, Mary Douglas.
121. *História, Corpo do Tempo*, José Honório Rodrigues.
122. *Escrito sobre um Corpo*, Severo Sarduy.
123. *Linguagem e Cinema*, Christian Metz.
124. *O Discurso Engenhoso*, Antonio José Saraiva.
125. *Psicanalisar*, Serge Leclaire.
126. *Magistrados e Feiticeiros na França do Século XVII*, R. Mandrou.
127. *O Teatro e sua Realidade*, Bernard Dort.
128. *A Cabala e seu Simbolismo*, Gershom G. Scholem.

129. *Sintaxe e Semântica na Gramática Transformacional*, A. Bonomi e G. Usberti.
130. *Conjunções e Disjunções*, Octavio Paz.
131. *Escritos sobre a História*, Fernand Braudel.
132. *Escritos*, Jacques Lacan.
133. *De Anita ao Museu*, Paulo Mendes de Almeida.
134. *A Operação do Texto*, Haroldo de Campos.
135. *Arquitetura, Industrialização e Desenvolvimento*, Paulo J. V. Brun
136. *Poesia-Experiência*, Mário Faustino.
137. *Os Novos Realistas*, Pierre Restany.
138. *Semiologia do Teatro*, Org. J. Guinsburg e J. Teixeira Coelho Netto
139. *Arte-Educação no Brasil*, Ana Mae T. B. Barbosa.
140. *Borges: Uma Poética da Leitura*, Emir Rodríguez Monegal.
141. *O Fim de uma Tradição*, Robert W. Shirley.
142. *Sétima Arte: Um Culto Moderno*, Ismail Xavier.
143. *A Estética do Objetivo*, Aldo Tagliaferri.
144. *A Construção do Sentido na Arquitetura*, J. Teixeira Coelho Netto
145. *A Gramática do Decameron*, Tzvetan Todorov.
146. *Escravidão, Reforma e Imperialismo*, Richard Graham.
147. *História do Surrealismo*, Maurice Nadeau.
148. *Poder e Legitimidade*, José Eduardo Faria.
149. *Práxis do Cinema*, Noel Burch.
150. *As Estruturas e o Tempo*, Cesare Segre.
151. *A Poética do Silêncio*, Modesto Carone.
152. *Planejamento e Bem-Estar Social*, Henrique Rattner.
153. *Teatro Moderno*, Anatol Rosenfeld.
154. *Desenvolvimento e Construção Nacional*, S. N. Eisenstadt.
155. *Uma Literatura nos Trópicos*, Silviano Santiago.
156. *Cobra de Vidro*, Sérgio Buarque de Holanda.
157. *Testando o Leviathan*, Antonia Fernanda Pacca de Almeida Wrigh
158. *Do Diálogo e do Dialógico*, Martin Buber.
159. *Ensaios Lingüísticos*, Louis Hjelmslev.
160. *O Realismo Maravilhoso*, Irlemar Chiampi.
161. *Tentativas de Mitologia*, Sérgio Buarque de Holanda.
162. *Semiótica Russa*, Boris Schnaiderman.
163. *Salões, Circos e Cinemas de São Paulo*, Vicente de Paula Araújo.
164. *Sociologia Empírica do Lazer*, Joffre Dumazedier.
165. *Física e Filosofia*, Mario Bunge.
166. *O Teatro Ontem e Hoje*, Célia Berrettini.
167. *O Futurismo Italiano*, Org. Aurora Fornoni Bernardini.
168. *Semiótica, Informação e Comunicação*, J. Teixeira Coelho Netto.
169. *Lacan: Operadores da Leitura*, Américo Vallejo e Lígia Cademartore Magalhães.
170. *Dos Murais de Portinari aos Espaços de Brasília*, Mário Pedrosa.
171. *O Lírico e o Trágico em Leopardi*, Helena Parente Cunha.
172. *A Criança e a FEBEM*, Marlene Guirado.
173. *Arquitetura Italiana em São Paulo*, Anita Salmoni e E. Debenedetti.
174. *Feitura das Artes*, José Neistein.
175. *Oficina: Do Teatro ao Te-Ato*, Armando Sérgio da Silva.
176. *Conversas com Igor Stravinski*, Robert Craft e Igor Stravinski.
177. *Arte como Medida*, Sheila Leirner.
178. *Nzinga*, Roy Glasgow.
179. *O Mito e o Herói no Moderno Teatro Brasileiro*, Anatol Rosenfeld
180. *A Industrialização do Algodão na Cidade de São Paulo*, Maria Regina de M. Ciparrone Mello.

181. *Poesia com Coisas*, Marta Peixoto.
182. *Hierarquia e Riqueza na Sociedade Burguesa*, Adeline Daumard.
183. *Natureza e Sentido da Improvisação Teatral*, Sandra Chacra.
184. *O Pensamento Psicológico*, Anatol Rosenfeld.
185. *Mouros, Franceses e Judeus*, Luís da Câmara Cascudo.
186. *Tecnologia, Planejamento e Desenvolvimento Autônomo*, Francisco Sagasti.
187. *Mário Zanini e seu Tempo*, Alice Brill.
188. *O Brasil e a Crise Mundial*, Celso Lafer.
189. *Jogos Teatrais*, Ingrid Dormien Koudela.
190. *A Cidade e o Arquiteto*, Leonardo Benevolo.
191. *Visão Filosófica do Mundo*, Max Scheler.
192. *Stanislavski e o Teatro de Arte de Moscou*, J. Guinsburg.
193. *O Teatro Épico*, Anatol Rosenfeld.
194. *O Socialismo Religioso dos Essênios: A Comunidade de Qumran*, W. J. Tyloch.
195. *Poesia e Música*, Org. Carlos Daghlian.
196. *A Narrativa de Hugo de Carvalho Ramos*, Albertina Vicentini.
197. *Vida e História*, José Honório Rodrigues.
198. *As Ilusões da Modernidade*, João Alexandre Barbosa.
199. *Exercício Findo*, Décio de Almeida Prado.
200. *Marcel Duchamp: Engenheiro do Tempo Perdido*, Pierre Cabanne.
201. *Uma Consciência Feminista: Rosario Castellanos*, Beth Miller.
202. *Neolítico: Arte Moderna*, Ana Cláudia de Oliveira.
203. *Sobre Comunidade*, Martin Buber.
204. *O Heterotexto Pessoano*, José Augusto Seabra.
205. *O Que é uma Universidade?*, Luiz Jean Lauand.
206. *A Arte da Performance*, Jorge Glusberg.
207. *O Menino na Literatura Brasileira*, Vânia Maria Resende.
208. *Do Anti-Sionismo ao Anti-Semitismo*, Léon Poliakov.
209. *Da Arte e da Linguagem*, Alice Brill.
210. *A Linguagem da Sedução*, Org. de Ciro Marcondes Filho.
211. *O Teatro Brasileiro Moderno: 1930-1980*, Décio de Almeida Prado.
212. *Qorpo-Santo: Surrealismo ou Absurdo*, Eudinyr Fraga.
213. *Linguagem, Conhecimento, Ideologia*, Marcelo Dascal.
214. *A Voragem do Olhar*, Regina Lúcia Pontieri.
215. *Notas para uma Definição de Cultura*, T. S. Eliot.
216. *Guimarães Rosa: As Paragens Mágicas*, Irene J. G. Simões.
217. *Música Hoje 2*, Pierre Boulez.
218. *Borges & Guimarães*, Vera Mascarenhas de Campos.
219. *Performance como Linguagem*, Renato Cohen.
220. *Walter Benjamin — A História de uma Amizade*, Gershon Scholem.

Este livro foi impresso na
LIS GRÁFICA E EDITORA LTDA.
Rua Visconde de Parnaíba, 2.753 - Belenzinho
CEP 03045 - São Paulo - SP - Fone: 292-5666
com filmes fornecidos pelo editor.